Weltlese

Herausgegeben von Ilija Trojanow

HERMAN CHARLES BOSMAN

Mafeking Road
und andere Erzählungen

Aus dem südafrikanischen Englisch
von Michael Kleeberg

Büchergilde Gutenberg

Inhalt

Im Schatten des Withaakbaums

LEOPARDEN? – SAGTE OOM SCHALK LAURENS – Oh ja, davon gibt es zwei Arten diesseits des Limpopo. Der Hauptunterschied ist, daß die eine Art Leopard ein paar mehr Flecken hat als die andere. Aber wenn du in der Steppe unverhofft auf einen Leoparden triffst, wirst du dir selten die Mühe machen, seine Flecke zu zählen, um herauszufinden, zu welcher Art er gehört. Das ist völlig unnötig. Denn welche Art Leopard es auch sein mag, der du auf diese Weise begegnest, kannst du doch nur mit einer Art des Rennens darauf reagieren. Und zwar der schnellsten.

Ich erinnere mich noch an ein Mal, als ich unerwartet einem Leoparden begegnet bin, und bis zum heutigen Tag könnte ich euch nicht sagen, wie viele Flecken er hatte, obwohl ich alle erdenkliche Muße hatte, um ihn genau anzusehen. Das geschah um die Mittagszeit, als ich mich am äußersten Ende meiner Farm befand, hinter einem Hügel, und nach Vieh Ausschau hielt, das sich verlaufen hatte. Ich dachte, womöglich könnten die Tiere dort sein, denn es ist schattig unter den Withaakbäumen dort, und darunter wächst weiches Gras, auf dem es sich sehr angenehm sitzen läßt. Nachdem ich solcherart ungefähr eine Stunde lang nach dem Vieh Ausschau gehalten hatte, gegen einen Baumstamm gelehnt, kam mir der Gedanke, daß ich ebensogut und vielleicht besser nach ihm Ausschau halten könnte, wenn ich mich flach hinlegte. Schließlich weiß jedes Kind, daß Rinder nicht so klein sind, daß man sich auf Stelzen oder dergleichen stellen müßte, um sie richtig sehen zu können.

Also legte ich mich auf den Rücken, den Hut ins Gesicht geschoben, die Beine gekreuzt, und wenn ich die Augen ein wenig schloß, sah meine Stiefelspitze, die nach oben ragte, gerade so aus wie der Gipfel des Abjaterskop.

Weit oben zog ein einsamer Geier seine Kreise, immer rundherum, ohne ein einziges Mal mit den Flügeln zu schlagen, und ich wußte, daß nicht einmal ein Kälbchen sich an irgendeinem Punkt des Himmels zwischen meiner Stiefelspitze und diesem Geier verstecken konnte, ohne daß ich es sofort bemerkt hätte. Und überdies: Wenn es nötig sein sollte, dann war ich in der Lage, den ganzen Tag lang unter dem Withaak zu liegen und auf diese Weise nach dem Vieh Ausschau zu halten. Wie ihr wißt, bin ich nicht die Sorte Farmer, die sich im Haus rumdrückt, wenn draußen Männerarbeit zu tun ist.

Je mehr ich die Augen zusammenkniff und auf meine Stiefelspitze starrte, desto mehr sah sie aus wie der Abjaterskop. Mit der Zeit kam es mir so vor, daß es tatsächlich der Abjaterskop war, und ich konnte das Geröll auf dem Gipfel erkennen und das Buschland, das an seinen Flanken hinaufzuwachsen versuchte, und in meinen Ohren war ein fernes Gesumm, wie von Bienen in einer Obstplantage an einem windstillen Tag. Wie schon gesagt, es war alles sehr angenehm.

Dann geschah etwas Merkwürdiges. Es war, als hätte sich eine riesige Wolke von der Form eines Tierkopfes mit Flecken darauf auf dem Gipfel des Abjaterskop niedergelassen. Es sah so komisch aus, daß ich Lust bekam zu lachen. Aber das tat ich nicht. Statt dessen öffnete ich die Augen ein wenig weiter und dachte erleichtert, daß ich ja nur träumte. Denn andernfalls hätte ich glauben müssen, daß die gefleckte Wolke auf dem Abjaterskop in Wahrheit ein Leopard sei, der gerade dabei war, auf meinen Stiefel zu starren. Wieder bekam ich Lust zu lachen. Aber dann, mit einem Schlag, war ich im Bilde.

Und da fühlte ich mich nicht mehr so frohgemut. Denn es war tatsächlich ein Leopard – ein großgewachsener, hungrig aussehender Leopard, und er schnüffelte mißtrauisch an meinen Füßen. Mir war ein wenig unbehaglich. Ich wußte, nichts, was auch immer ich tun würde, konnte diesen Leoparden je davon überzeugen, daß mein großer Zeh der Abjaterskop war. Er war nicht diese Art von Leopard, das war mir klar, auch ohne daß ich die Anzahl seiner Flecken zu zählen brauchte. Statt dessen begann er, nachdem er mit meinen Füßen durch war, ein wenig höher zu schnüffeln. Es war der beängstigendste Moment meines Lebens. Ich wollte aufstehen und um mein Leben laufen. Aber ich konnte nicht. Meine Beine regten sich nicht.

Jeder Großwildjäger, dem ich je begegnet bin, hat mir die gleiche Geschichte erzählt, wie er irgendwann einmal in seinem Leben einem Löwen oder anderen wilden Tier durch die List entkommen sei, sich hinzulegen und so zu tun, als wäre er tot, so daß das Raubtier sein Interesse an ihm verlor und sich davonmachte. Während ich jetzt im Gras lag und der Leopard sich nicht entscheiden konnte, was er mit mir tun sollte, verstand ich auch, warum die Jäger sich in diesen Situationen nicht bewegt hatten. Ganz einfach deswegen, weil sie sich nicht bewegen konnten. Das ist alles. Es ist keine List, die sie am Boden hält. Es ist das Versagen ihrer Beine.

Mittlerweile war der Leopard auf Höhe meiner Knie angelangt. Er studierte meine Hose mit großer Sorgfalt, und ich fing an, mich zu schämen. Meine Hose war alt und ziemlich unmodisch. Außerdem hatte sie auf Kniehöhe einen Riß, den ich mir einmal beim Durchsteigen eines Stacheldrahtzauns zugezogen hatte, um mich in die Büsche zu schlagen, als ich nämlich den staatlichen Steuereintreiber über den Hügel kommen sah, noch bevor er mich sah. Der Leopard starrte diesen Riß in meiner Hose eine gute Weile an, und meine Verlegenheit wuchs. Ich hätte das mit dem staatlichen Steuereintreiber und dem Stacheldrahtzaun gerne erklärt. Ich wollte nicht, daß der Leopard den Eindruck bekommen könnte, Schalk Lourens sei die Art Mann, der auf sein Äußeres keinen Wert legt.

Als der Leopard dann aber auf Höhe meines Hemdes kam, fühlte ich mich besser. Es war ein gutes blaues Flanellhemd, das ich erst ein paar Wochen zuvor im indischen Laden in Ramoutsa gekauft hatte, und es war mir ganz gleich, wie viele merkwürdige Leoparden es sahen. Nichtsdestoweniger nahm ich mir vor, das nächste Mal, wenn ich mich unter dem Withaak ins Gras legen würde, um nach verlaufenem Vieh Ausschau zu halten, zuvor meine Veldskoens mit Schafsfett zu wichsen und meinen schwarzen Hut aufzusetzen, den ich nur zum Nagmaal trage. Ich konnte es nicht zulassen, daß die wilden Tiere der Nachbarschaft auf mich herabsahen.

Als der Leopard dann aber mein Gesicht erreichte, bekam ich wieder Angst. Ich wußte, an meinem Hemd konnte er keinen Anstoß nehmen. Aber was mein Gesicht betraf, war ich nicht so sicher. Das waren schreckliche Momente. Ich lag sehr ruhig da, hatte Angst, die Augen zu öffnen, Angst zu atmen. Schnuff-Schnuff, machte das große Wesen, und sein Atem ging in heißen Stößen über mein Gesicht. Man hört von so manchen beängstigenden Erfahrungen, die ein Mann in seinem Leben durchmacht. Ich selbst habe in ein paar kniffligen Situationen gesteckt. Aber wenn ihr etwas sucht, das euch mit einem Schlag zu alten Leuten macht und euer Haar in wenigen Augenblicken schlohweiß werden läßt, dann geht nichts über einen Leoparden – vor allem nicht, wenn er gerade über dir steht, seine Kiefer über deiner Kehle, und nach einem guten Platz zum Zubeißen sucht.

Der Leopard gab ein tiefes Knurren von sich, stieg einfach über mich hinweg, fegte mir dabei den Hut vom Kopf und knurrte ein weiteres Mal. Ich öffnete die Augen und sah das Tier sich schwerfällig davontrollen. Doch hielt meine Erleichterung nicht lange an. Der Leopard ging nicht weit. Nein, er drehte sich um und legte sich neben mich hin.

Ja, genau da im Gras, im Schatten des Withaaks, lagen der Leopard und ich nun gemeinsam. Der Leopard lag auf der Seite, halb zusammengerollt, die Vordertatzen gekreuzt wie ein Hund, und wann immer ich versuchte, wegzurücken, gab er ein Grunzen von sich. Ich bin sicher, in der ganzen Geschichte der Groot Marico hat sich nie ein merkwürdigeres Pärchen der undankbaren Aufgabe hingegeben, nach verlaufenem Vieh zu suchen.

Am nächsten Tag erzählte ich in Fanie Snymans Stube, die als Poststation genutzt wird, meine Geschichte den Farmern der Umgegend, während sie Kaffee tranken und auf den motorisierten Lastwagen aus Zeerust warteten.

»Aber wie bist du denn nun schließlich diesem Leoparden entkommen?« fragte Koos van Tonder, der ulkig sein wollte. »Ich nehme an, du bist durchs Gras gekrochen und hast den Leoparden vertrieben, indem du so getan hast, als wärst du ein Python?«

»Nein, ich bin ganz einfach aufgestanden und nach Hause gewandert«, sagte ich. »Mir ist nämlich der Gedanke gekommen, mein Vieh könnte auch in die andere Richtung gegangen sein und sich in deinem Kraal verirrt haben. Und da wäre es bei dem Leoparden noch eher in Sicherheit gewesen.«

»Hat der Leopard dir denn auch seine Meinung zu General

Pienaars letzter Rede im Volksraad gesagt?« fragte Frans Welman, und alle lachten.

Ich erzählte meine Geschichte ein paarmal von vorne bis hinten, bevor der Lastwagen mit unserer Post kam, und obwohl das gute Dutzend Männer, die da waren, nicht viel sagten, war mir doch klar, daß sie mir auf dieselbe Weise zuhörten wie Krisjan Lemmer, wenn er etwas erzählt. Und jedermann weiß, daß Krisjan Lemmer der größte Schwindler in der ganzen Steppe war.

Um die Sache noch schlimmer zu machen, war er selbst auch anwesend, Krisjan Lemmer, und als ich zu dem Punkt in meiner Geschichte kam, wo der Leopard sich neben mich hinlegte, da zwinkerte Krisjan Lemmer mir zu. Ihr wißt schon, was für ein Zwinkern das war. Er wollte mir mitteilen, daß es jetzt eine ganz neue Gemeinsamkeit zwischen uns gab, und daß wir in Zukunft miteinander vertraulich sein konnten von einem Marico-Lügner zum andern.

Das gefiel mir ganz und gar nicht.

»Kerls«, sagte ich schließlich, »ich weiß, was ihr denkt. Ihr glaubt mir nicht und wollt es nur nicht so deutlich sagen.«

»Aber natürlich glauben wir dir«, unterbrach mich Krisjan Lemmer. »Es passieren ganz unglaubliche Dinge in der Steppe. Ich zum Beispiel hatte mal eine zwanzig Fuß lange Mamba, die ich Hans nannte. Diese Schlange hatte einen derartigen Narren an mir gefressen, daß ich keinen Schritt ohne sie tun konnte. Sie kam mir sogar sonntags zur Kirche hinterher, und weil sie für bestimmte Predigten nicht besonders viel übrig hatte, wartete sie draußen unter einem Baum auf mich. Nicht etwa, daß Hans nicht gläubig gewesen wäre. Aber er hatte eine sensible Natur, und die harten Worte, mit denen der Prediger gegen die Schlange im Garten Eden wetterte, machten Hans immer etwas betreten. Dennoch hat er sich nicht einfach davongemacht und sich einen Withaak gesucht, um sich darunter zu legen, wie dein Leopard. Nein, so hochnäsig war er nicht. Für Hans war auch der stinknormale Schatten einer Akazie gut genug. Er wußte schon, daß er bloß eine Mamba war, und hat nicht versucht, etwas Besseres zu sein.«

Ich habe überhaupt nicht auf Krisjan Lemmers blöde Lügenmärchen reagiert, aber das Ergebnis dieser ganzen Sache war, daß ich selbst Zweifel bekam, was die Existenz dieses Leoparden betraf. Ich erinnerte mich an abseitige Geschichten, die ich gehört hatte und die von Menschen handelten, die sich in Tiere verwandeln können, und obwohl ich kein abergläubischer Mensch bin, konnte ich den Gedanken nicht abschütteln, daß es sich um eine Art Spuk gehandelt hatte. Aber als dann einige Tage später ein großer Leopard nahe Derdepport von der Straße aus gesehen worden war, und dann wieder in der Nähe von Mtosas an der Straße nach Nietverdiend und dann noch einmal im Grasland nahe dem Malopo, bekamen die Dinge ein ganz neues Gesicht.

Zuerst machten die Leute noch Witze über diesen Leoparden. Sie sagten, es sei gar kein richtiger Leopard, sondern ein geflecktes Tier, das aus dem Traum von Schalk Lourens herausgestiegen sei. Oder sie sagten, der Leopard sei zu den Dwarsbergen gekommen, um einmal einen Blick auf Krisjan Lemmers zwanzig Fuß lange Mamba zu werfen. Aber später dann, nachdem sie seine Spuren bei mehreren Wasserlöchern gefunden hatten, gab es keinen Zweifel mehr an dem Leoparden.

Es sei gefährlich, alleine in der Steppe umherzuwandern, hieß es. Es folgte eine aufregende Zeit, in der sehr viel auf den Leoparden geschossen und sehr viel vor ihm davongerannt wurde. Die schiere Menge an Martini- und Mauserfeuer, das ich in den Felsen hörte, erinnerte mich an nichts so sehr wie an den Ersten

Burenkrieg. Und die schiere Menge an Davonrennen erinnerte mich an nichts so sehr wie an den Zweiten Burenkrieg.

Aber der Leopard kam immer unverletzt davon. Irgendwie tat er mir leid. Wie er an jenem Tag zunächst an mir geschnüffelt und sich danach unter dem Withaakbaum neben mich gelegt hatte, das war etwas Seltsames, mit dem ich nicht zu Rande kam. Ich mußte an die Bibel denken, wo geschrieben steht, daß sich der Löwe neben dem Lamm niederlegt.

Aber ich fragte mich auch, ob ich es nicht doch alles geträumt hatte. Die Art und Weise, in der mir jene Dinge zugestoßen waren, hatte etwas so Unirdisches gehabt. Wie auch immer, jedenfalls begann der Leopard einen großen Raum in meinen Gedanken einzunehmen. Und es gab niemanden, mit dem ich darüber hätte reden können und der fähig gewesen wäre, mir irgendwie weiterzuhelfen. Selbst heute noch, wo ich euch diese Geschichte erzähle, erwarte ich jeden Moment, daß ihr mir zuzwinkert, so wie Krisjan Lemmer es getan hat.

Alles das ändert nichts daran, daß ich euch nur erzählen kann, was ich gesehen habe, und was es sonst noch damit auf sich gehabt haben mochte, das weiß allein Afrika.

Es dauerte einige Zeit, bis ich zum ersten Mal wieder den Weg durch die Steppe bis zu den Withaakbäumen nahm. Aber ich legte mich dort nicht mehr ins Gras. Denn als ich ankam, stellte ich fest, daß der Leopard schon vor mir hier angekommen war. Er lag genau an derselben Stelle, halb zusammengerollt im Schatten des Withaakbaums, die Vordertatzen gekreuzt, wie man es manchmal bei Hunden sieht. Nur lag er sehr still da. Und selbst aus der Entfernung konnte ich den roten Fleck auf seiner Brust sehen, wo eine Mauserpatrone eingedrungen war.

Der Prophet

NEIN, DEM PROPHETEN VAN RENSBURG, dem Mann, der General Kemp gesagt hat, es sei der richtige Moment, gegen die Engländer zu rebellieren, bin ich nie begegnet. Wie ihr wißt, folgte General Kemp ja seinem Rat, und es heißt, daß General Kemp noch an die Prophezeiungen van Rensburgs glaubte, als die beiden schon längst im Kerker von Pretoria saßen.

Aber einen anderen Propheten kannte ich. Sein Name war Erasmus. Stephanus Erasmus. Van Rensburg vermochte nur vorherzusagen, daß dies oder jenes geschehen würde, und manchmal irrte er sich. Bei Stephanus Erasmus lag die Sache ganz anders. Erasmus sorgte dafür, daß Dinge geschahen, ganz einfach indem er sie prophezeite.

Euch ist klar, was das heißt. Und doch, ganz am Ende stellte ich mir doch so meine Fragen zu Stephanus Erasmus.

Es gibt einen Haufen Leute von der Art van Rensburgs, die lediglich die Zukunft vorhersagen können, aber wenn dann einmal einer auftaucht, der die Zukunft tatsächlich machen kann, dann hat man das Gefühl, man sollte besser keine dummen Witze über ihn reißen. Alle Farmer in Droëdal redeten respektvoll über Stephanus Erasmus. Selbst wenn er gar nicht dabei war und hören konnte, was über ihn gesagt wurde. Denn irgendeinen gab es immer, der hingehen und es ihm zutragen würde, wenn jemand zufällig eine abfällige Bemerkung über ihn gemacht hätte.

Ich weiß, wovon ich rede, denn einmal machte ich in Piet Fouries Haus die Bemerkung, daß wenn ich ein großer Prophet wie Stephanus Erasmus wäre, ich wenigstens versuchen würde, mir ein neues Paar Veldskoens zu prophezeien, wo seine doch auf der Oberseite ganz aufgeplatzt waren, so daß man zwei Hühneraugen und ein Stück von einem eingewachsenen Zehennagel sehen konnte. Danach ging sechs Monate lang alles schief auf meiner Farm. Daher wußte ich, daß Piet Fourie dem Propheten meine Worte weitergetragen hatte. Unter anderem starben sechs meiner besten Zugochsen am Milzbrand.

Danach ging ich jedesmal, wenn ich vorhatte, irgend etwas Respektloses über Stephanus Erasmus zu denken, alleine hinaus in die Steppe und tat es dort. Ihr könnt euch denken, daß ich damals ziemlich oft alleine in die Steppe rausgegangen bin. Es war nicht ganz einfach, über die sechs Zugochsen hinwegzukommen.

Mehr als einmal hoffte ich, daß auch Stephanus Erasmus auf die Idee kommen würde, General Kemp zu sagen, es sei der rechte Moment für eine Rebellion. Aber dazu war Erasmus zu schlau. Ich erinnere mich, daß ich einmal, als wir vor einem Treffen des Schulkomitees von Dwarsberg alle beisammensaßen, Stephanus darauf ansprach.

»Was haltet Ihr von dieser neuen Straßenbenutzungssteuer, Oom Stephanus?« sagte ich. »Meint Ihr nicht auch, man sollte mit seinem Gewehr nach Zeerust ziehen und die Vierkleur über dem Gerichtshof aufziehen?«

Erasmus sah mich an, und ich senkte den Blick. Ich bereute irgendwie, daß ich etwas gesagt hatte. Es wirkte, als ginge sein Blick direkt durch mich hindurch. Ich hatte den Eindruck, in seinen Augen sah ich aus wie ein erschossener und aufgeschnittener Springbock, bei dem man das Herz und die Rippen und die Leber und den Magen und alle sonstigen Innereien sehen kann. Es war nicht allzu angenehm, dazusitzen und mit einem Mann zu reden, für den man nicht viel mehr ist als ein aufgeschnittener Springbock.

Aber Stephanus Erasmus sah mich immer weiter an. Ich bekam es mit der Angst zu tun. Hätte er in diesem Moment zu mir gesagt: »Du weißt, daß du nichts weiter bist als ein aufgeschnittener Springbock«, ich hätte geantwortet: »Ja, Oom Stephanus, ich weiß.« Es war mir klar, daß er große Macht besaß. Nach außen hin war er nur ein ganz normaler Farmer mit einem schwarzen Bart und dunklen Augen und einem Paar alter Schuhe, das auf der Oberseite aufgerissen war. Aber innen war er schrecklich. Ich begann, um meine restlichen Zugochsen zu fürchten.

Dann begann er zu sprechen, langsam und voller Weisheit.

»Es gibt auch Gerichtshöfe in Mafeking und in Zwartruggens und in Rysmierbult«, sagte er. »Ja, es gibt einen Gerichtshof in jeder Ortschaft entlang der Eisenbahnlinie, die ich kenne. Und all diese Gerichtshöfe ziehen Straßenbenutzungssteuer ein«, sagte Oom Stephanus.

Da wurde mir klar, daß er nicht nur im Innern große Macht besaß, sondern daß er auch sehr raffiniert war. Er hätte nie irgendwelche wilden Spekulationen angestellt, wie etwa einem Fremden zu sagen: »Sie sind verheiratet, haben fünf Kinder, und in der Innentasche Ihrer Jacke steckt ein Brief des Kirchenrats, der Sie bittet, Kirchenvorsteher zu werden.« Ich habe sogenannte Wahrsager gesehen, die solche Sachen zu Männern sagten, die sie nie zuvor im Leben gesehen hatten, in der Hoffnung, damit richtig zu liegen.

Wißt ihr, es ist schon eine großartige Sache, solch ein Prophet zu sein. Ich habe viel darüber nachgedacht, und was ich darüber weiß, vermag ich nicht zu erklären. Aber ich weiß, daß es etwas mit dem Tod zu tun hat. Das ist eines der Dinge, die ich in der Marico gelernt habe, und ich glaube nicht, daß man es irgendwo anders lernen könnte. Nur wenn man eine Menge Zeit übrig gehabt hat, während der man nichts weiter tut, als nachzudenken und auf die Steppe hinauszublicken und zum Himmel hinauf, an dem seit Monaten keine Regenwolken mehr gestanden haben, nur dann wächst einem ein Begriff von diesen Dingen zu.

Dann weiß man, daß Prophet zu sein und Macht zu haben eine ganz simple Sache ist. Daß es aber auch eine schreckliche Sache ist. Und man weiß dann auch, daß es Männer und Frauen gibt, die nicht von dieser Welt sind, und daß es genau das ist, was sie größer macht als Könige. Denn ein König kann seine Macht verlieren, wenn die Menschen sie ihm nehmen, ein Prophet jedoch kann seine Macht nie verlieren – vorausgesetzt, er ist ein echter Prophet.

Es waren die Schulkinder, die zuerst begannen, über diese Sache zu reden. Mir ist aufgefallen, wie oft solche Sachen mit den Geschichten von Kaffern und Kindern anfangen.

Wie auch immer, jedenfalls hatte sich ein sehr alter Kaffer draußen an der Postkutschenstation auf der Straße nach Ramoutsa wohnlich niedergelassen. Niemand wußte, von wo er gekommen war, außer daß er, wenn man ihn fragte, einen Arm sehr langsam hochhob und in Richtung Westen deutete. Bloß ist da im Westen nichts. Nichts außer der Kalahari-Wüste. So wie er aussah, konnte man allerdings leicht glauben, daß dieser alte Kaffer sein ganzes Leben in der Wüste verbracht hatte. Sein verwitterter Körper hatte etwas, das einen an die Große Dürre denken ließ.

Wir fanden heraus, daß der Name dieses Kaffers Mosiko war. Er hatte sich eine behelfsmäßige Schutzhütte aus Dornbüschen und alten Maissäcken gebaut. Und darin lebte er alleine. Die Kaffern aus der Nachbarschaft brachten ihm Mais und Bier, und aus dem, was sie uns sagten, ging hervor, daß er für diese Geschenke nicht sonderlich dankbar war und wenn das Bier zu dünn war, böse Flüche gegen die Leute ausstieß, die es gebracht hatten.

Wie ich schon sagte, waren es die Kaffern, die zuerst Notiz von ihm nahmen. Sie behaupteten, er sei ein großer Medizinmann. Später aber fingen auch Weiße an, ihm Geschenke zu bringen. Und sie fragten ihn aus, welche Dinge geschehen würden. Manchmal sagte Mosiko ihnen das, was sie hören wollten. Manchmal aber auch wurde er dreist und sagte ihnen, sie sollten doch gehen und Baas Stephanus Erasmus fragen.

Ihr könnt euch vorstellen, was das für einen Aufruhr verursachte.

»Ja«, sagte Frans Steyn uns eines Nachmittags, »und als ich diesen Kaffer dann fragte, ob meine Tochter Anna sich sofort mit Gert verheiraten sollte oder ob sie zuerst auf die Oberschule gehen und Englisch lernen sollte, meinte Mosiko, ich solle Baas Stephanus fragen. ›Frag ihn‹, hat er mir gesagt, ›so was ist wirklich zu simpel für mich.‹«

Da meinten die Leute, dieser Mosiko sei wirklich ein unverschämter Kaffer, und das einzige, was Stephanus tun könne, sei weiter keine Notiz von ihm zu nehmen.

Ich paßte genau auf, um mitzubekommen, was Erasmus in dieser Lage unternehmen würde. Ich bemerkte, daß die Unverschämtheiten des Kaffern ihn zur Weißglut brachten. Und wenn die Leute dann zu ihm sagten: »Achte gar nicht auf diesen Mosiko, Oom Stephanus, er ist bloß ein fauler alter Kaffer«, dann konnte jedermann sehen, daß ihn das noch mehr ärgerte als alles andere. Er vermutete nämlich, daß sie solche Sachen nur aus Höflichkeit sagten. Und es gibt nichts, was einen mehr ärgern kann, als wenn Menschen, die einen bislang immer gefürchtet haben, anfangen höflich zu einem zu sein.

Das Ende vom Lied war, daß Stephanus Erasmus zur Postkutschenstation hinausging, wo Mosiko lebte. Er sagte, er werde ihn mit Fußtritten zurück in die Kalahari befördern, von wo er gekommen war. Es war allerdings ein Fehler, daß Stephanus dort hinging, um Mosiko aufzusuchen. Denn es verschaffte Mosiko eine gewaltige Wichtigkeit, daß der Prophet kam und ihn besuchte. Richtig wäre es immer, daß der Knecht den Herrn aufsucht.

Wir begleiteten Stephanus alle.

Unterwegs sagte er: »Ich werde ihn mit Stiefeltritten aus Zeerust vertreiben. Schlimm genug, wenn Kaffern in Johannesburg Schlips und Kragen tragen und die Zeitung lesen. Aber in der Marico können wir es nicht soweit kommen lassen.«

Aber ich bemerkte, daß Stephanus aus irgendeinem Grund wütend wurde, als wir so taten, als wären wir entschlossen, Mosiko bloßzustellen. Denn das war nicht die Wahrheit. Es war ausschließlich Erasmussens Streit. Wir hatten alle überhaupt nichts damit am Hut.

Schließlich erreichten wir die Station.

Mosiko trug kaum etwas am Leibe. Er saß gegen einen Busch gelehnt, mit gebeugtem Rücken und den Kopf fast auf den Knien. Er war voller Falten. Hunderte von Falten. Er sah aus wie der älteste Mensch der Welt. Und dennoch ging von der Kurve, die sein Rücken beschrieb, eine Art von Kraft aus, und ich wußte auch, was das hieß. Es kam mir so vor, als könnte Mosiko, den Rücken gekrümmt und den Kopf nach vorn geneigt und mit der Sonne, die auf ihn niederbrannte, viel mächtiger sein und mehr Dinge bewegen, indem er einfach so dasaß, als andere Leute, wenn sie hart arbeiteten und all ihre Schlauheit einsetzten. Ich hatte das Gefühl, daß Mosiko einfach dasitzen und nichts tun könne und dennoch mächtiger war als der Kommandant-General.

Er schien nichts zu besitzen, als was die Sonne und der Sand und das Gras ihm gaben, und dabei wirkte es, als wäre das mehr, als was alle Menschen der Welt ihm hätten geben können.

Ich war froh, dabeizusein an diesem Tag, beim Treffen der Zauberer.

Stephanus Erasmus wußte natürlich, wer Mosiko war. Aber ich war mir nicht sicher, ob Mosiko auch Stephanus kannte. Also stellte ich sie einander vor. An jedem anderen Tag hätten die Leute sich darüber amüsiert, wie ich das tat. Aber in jenem Moment hatte es aus irgendeinem Grund nichts Komisches an sich.

»Mosiko«, sagte ich, »das ist Baas Prophet Stephanus Erasmus.«

»Und, Oom Stephanus«, fuhr ich fort, »dies hier ist Medizinmann Mosiko.«

Mosiko hob die Augen ein wenig und blickte Erasmus an. Erasmus starrte zurück und versuchte, Mosikos Blick zu brechen. Ich kannte die Kraft, mit der Stephanus Erasmus einen ansehen konnte. Also war ich gespannt, was jetzt passieren würde. Aber Mosiko wandte den Blick wieder nach unten und sah auf den Sand.

Plötzlich fiel mir wieder ein, wie ich mich an dem Tag gefühlt hatte, als Stephanus Erasmus mich ansah und ich bereit war zu glauben, ich sei ein aufgeschnittener Springbock. Ich war also nicht weiter erstaunt, daß Mosiko den Blick abwandte. Aber zugleich bemerkte ich auch, daß Mosiko auf eine Art zu Boden blickte, die zu bedeuten schien, er sei der Meinung, daß Stephanus kein Mann von so großer Bedeutung sei, um seinen Blick brechen zu wollen. Es sah aus, als dächte er, es gebe Wichtigeres für ihn zu tun, als Stephanus anzublicken.

Dann begann Mosiko zu sprechen.

»Sag mir, was du wissen willst, Baas Stephanus«, sagte er, »und ich werde für dich prophezeien.«

Ich sah das Gras und die Steppe und die Steine. Ich sah einen großen Fleck Sonnenlicht auf Mosikos nacktem Rücken. Und eine kurze Zeitlang sah und hörte ich nichts anderes. Denn es war tödlich, was der Kaffer da eben zu dem weißen Mann gesagt hatte. Und ich wußte, auch die anderen spürten, daß es tödlich war. Also standen wir da und warteten. Ich wußte nicht recht, ob ich Genugtuung empfinden oder bereuen sollte, gekommen zu sein. Die Zeit schien überhaupt nicht mehr zu vergehen.

»Kaffer«, sagte Stephanus endlich, »du hast kein Recht, dich hier auf der Poststation der Weißen aufzuhalten. Wir sind gekommen, um dich von hier zu verjagen. Ich werde dich hier jetzt mit Tritten vertreiben, Kaffer. Jetzt, in dieser Sekunde, werde ich dir einen Tritt versetzen. Du sollst spüren, wie sich der Stiefel eines weißen Mannes anfühlt.«

Mosiko rührte sich nicht. Es sah nicht so aus, als hätte er auch nur ein Wort gehört, das Stephanus zu ihm gesagt hatte. Er sah so aus, als würde er über etwas ganz anderes nachdenken – über irgend etwas ungeheuer Altes und Fernes.

Dann tat Stephanus einen Schritt nach vorn. Er zögerte einen Moment lang. Wir blickten alle zu Boden.

Der erste, der anfing zu lachen, war Frans Steyn. Zunächst war es völlig absonderlich und unnatürlich, das Gelächter Frans Steyns zu hören. Bis zu diesem Moment war doch alles so angespannt und sogar beängstigend gewesen. Aber in der Sekunde darauf brachen wir alle in Gelächter aus. Wir lachten laut und brüllend. Man hätte uns noch auf der anderen Seite des Hügels hören können.

Ich habe euch doch bereits über die Veldskoens von Stephanus Erasmus berichtet und daß sie oben aufgerissen waren. Nun, jetzt war, während er hinaus zur Poststation gegangen war, der letzte Riemen gerissen, und Stephanus Erasmus stand da mit seinem vom Boden erhobenen, nackten rechten Fuß und einem zerrissenen Schuh, der ihm vom Spann baumelte.

Stephanus trat Mosiko nicht, weder jetzt noch später. Als wir aufgehört hatten zu lachen, überredeten wir ihn, mit zurück nach Hause zu kommen. Stephanus ging sehr langsam, er trug den zerrissenen Schuh in der Hand und suchte nach weichem Untergrund, wo kein verbranntes Gras in seinen nackten Fuß stechen würde.

Stephanus Erasmus hatte seine Macht verloren.

Aber ich wußte, daß Stephanus Mosiko selbst dann nicht getreten haben würde, wenn sein Schuh nicht kaputtgegangen wäre. Ich hatte es am Ausdruck in seinen Augen gesehen, daß Stephanus, als er den Schritt nach vorn machte und Mosiko sich nicht rührte, schon für alle Zeit und Ewigkeit geschlagen gewesen war.

Sternenlicht über dem Veld

ES WAR EINE KALTE NACHT (sagte Oom Schalk Lourens), die Sterne leuchteten in diesem frostigen Licht, das du auch manchen Morgen auf dem feuchten Gras sehen kannst, wenn du vergessen hast, daß es Winter ist, und aus Versehen früh aufstehst. Der Wind war wie ein Mädchen, das seine Geschichte von Untreue den Sternen entgegenschluchzt.

Jan Ockerse und ich waren per Eselskarren in Derdepoort gewesen. Am Abend fuhren wir zurück. Und Jan Ockerse erzählte mir etwas von einem Weg rund um den Fuß eines Hügels, der eine Abkürzung zurück nach Drogevlei darstellen würde. Deshalb saßen wir jetzt auf dem Veld, nah bei einem Feuer und warteten auf den Morgen. Dann würden wir einen Kaffer nach einer Abkürzung zurück zum Fuß dieses Hügels fragen können.

»Dabei weiß ich, daß es der richtige Weg war«, beharrte Jan Ockerse und warf einen weiteren Armvoll Holz in die Flammen.

»Dann muß es eben der falsche Hügel gewesen sein«, antwortete ich, »oder der falsche Eselskarren. Es sei denn, du ziehst es vor, daß ich glaube, daß ich jetzt in diesem Augenblick zu Hause in meiner Stube sitze.«

Das Licht der Flammen tanzte frostig auf den Speichen eines der Karrenräder, und es machte mir Freude, davon ausgehen zu können, daß es Jan Ockerse ganz genauso kalt sein mußte wie mir.

»Es ist schon eine komische Nacht«, sagte Jan Ockerse, »und mir geht's richtig dreckig, und Hunger habe ich außerdem.«

Auch das machte mir Freude. Ich hatte schon befürchtet, daß er sich womöglich pudelwohl fühlen könnte.

»Weißt du eigentlich, wie weit weg die Sterne da oben sind?« fragte Jan mich als nächstes.

»Nein, nicht von hier aus«, sagte ich, »aber ich habe es einmal ausgerechnet, als ich einen Bleistift zur Hand hatte. Das war allerdings auf dem Hochveld. Von da aus, wo wir jetzt sind, aber, im Niederveld, sind die Sterne weiter weg. Man kann das auch sehen, sie wirken kleiner.«

»Ja, wird so sein«, antwortete Jan Ockerse, »aber mir hat ein Lehrer in der Bar in Zeerust mal eine andere Version erzählt. Er sagte, die Sternengucker rechneten die Entfernung eines Sterns über die Anzahl an Jahren aus, die sie brauchen, um ihn in ihren Teleskopen zu finden. Dieser Lehrer hat seinen Finger in den Brandy gestippt und einen Haufen Zeichnungen und Sachen auf den Tresen gemalt, um mir zu erklären, wie das gemacht wird. Aber die eine Hälfte seiner Zeichnungen war immer schon auf dem Tresen eingetrocknet, bevor er mit dem Finger die andere fertig hatte. Er meinte, das sei das schlimmste an diesem trokkenen Brandy. Aber er kriegte seine Erklärungen sowieso nicht zu Ende, denn dann kam das Barmädchen und wischte sie alle mit einem Lappen fort. Da sagte der Lehrer mir, ich solle mit ihm mitkommen, und er würde dann eben die Tafel im anderen Klassenzimmer benutzen. Aber das Barmädchen wollte uns nicht erlauben, unsere Gläser in die private Bar mitzunehmen, und ungefähr zu diesem Zeitpunkt ist der Lehrer dann ohnehin aus den Latschen gekippt.«

»Hört sich an wie diese neue Art von Lehrern«, sagte ich, »die den Kindern erzählt, daß sich die Erde um die Sonne dreht. Wundert mich ja, daß sie ihn nicht gefeuert haben.«

»Haben sie ja auch«, sagte Jan Ockerse.

Auch das zu hören machte mir Freude.

Es schien, daß es in der Nähe unseres Ausspannplatzes ein Wasserloch geben mußte. Denn ein paar Schakale begannen klagend zu heulen. Jan Ockerse sprang auf und legte mehr Holz aufs Feuer.

»Ich mag diese Geräusche von wilden Tieren nicht«, sagte er.

»Es sind nur Schakale, Jan«, sagte ich.

»Ich weiß«, sagte Jan, »aber ich habe an unsere Esel gedacht. Ich will nicht, daß unsere Esel Angst kriegen.«

Plötzlich drang ein tiefes Knurren aus dem dunklen Busch direkt zu uns. Und ein besonders klagendes Knurren schien es nicht zu sein. Danach arbeitete Jan Ockerse noch eifriger mit dem Holz.

»Vielleicht wäre es sogar besser, wenn wir zwei Feuer machen und uns dazwischenlegen«, sagte Jan Ockerse. »Unsere Esel werden weniger Angst haben, wenn sie sehen können, daß wir beide in Sicherheit sind, du und ich. Du weißt ja, wie so ein Esel tickt.«

Der Feuerschein erleuchtete schwach die Skelette der hohen Bäume, die von den Termiten gefressen worden waren, und bald hatten wir zwei Feuer am Brennen. Als das zweite tiefe Gebrüll aus dem Busch zu uns drang, hatte ich sogar ein noch größeres Feuer entfacht als Jan Ockerse, der Esel wegen.

Danach wurde es wieder still. Da war nur der Wind in den Dornbüschen und das Geknister von allem möglichen, das man nachts in der Steppe hört.

Jan Ockerse lag auf den Rücken, faltete die Hände hinterm Kopf und blickte erneut zu den Sternen hinauf.

»Ich habe gehört, diese Sterne seien Welten, genau wie unsere«, sagte er, »und sogar, daß da oben Leute leben.«

»Ich glaube aber nicht, daß sie was taugen würden, um Mais dort anzubauen«, antwortete ich, »sie sehen aus, als lägen sie zu hoch dafür. Wie die Kämme der Sneeuberge am Kap. Aber gutes Land für Pferde- und Viehzucht könnten sie sein, denke ich mir. Das ist ja das Problem mit diesen tiefliegenden Gegenden wie der Marico und dem Waterberg: Hier gibt es zuviel Pferdepest und Tsetsefliegen.«

»Und Schmetterlinge«, murmelte Jan Ockerse schläfrig, »mit goldenen Flügeln.«

Ich bin dann auch kurz danach eingeschlafen. Und als ich wieder aufwachte, waren die Feuer fast runtergebrannt. Ich stand auf und holte frisches Holz. Ich brauchte allerdings eine ganze Weile, um Jan Ockerse zu wecken. Die Veldskoens, die ich trug, waren nämlich von der falschen Machart und hatten weiche Kappen. Schließlich setzte er sich doch auf und rieb sich die Augen, und dann sagte er natürlich, er habe die ganze Nacht wach gelegen. Was ihn so sicher mache, daß er nicht geschlafen habe, sagte er, das sei, daß er sich die ganze Zeit über vorgestellt habe, inmitten der Sterne Schmeißfliegen zu fangen.

»Und ich hätte sie auch gekriegt«, fügte er noch hinzu, »bloß daß mir etwas höchst Merkwürdiges passiert ist, während ich von einem Stern zum nächsten hüpfte. Es war fast so, als würde mich jemand treten.«

Und Jan Ockerse sah mich mit einem mißtrauischen Blick an.

Da sagte ich ihm, all das zeige doch deutlich, daß er nur geträumt habe.

Als die Feuer wieder mit Holz versorgt waren, meinte Jan Ockerse erneut, es sei schon eine komische Nacht, und begann wieder, von den Sternen zu reden.

»Was glaubst du, was Seeleute auf hoher See machen, Schalk«, sagte er, »wenn sie ihren Weg nicht kennen und keine anderen Schiffe in der Nähe sind, bei denen sie nachfragen können?«

»Die haben das alles auf einem Blatt Papier stehen, wo es mit einer Menge Rot und Blau hingeschrieben ist«, antwortete ich, »und dann gibt es auch noch schwarze Linien, die dir den Weg von Kapstadt nach St. Helena zeigen. Und Zahlen, um dir zu erklären, wie viele Meilen tief das Schiff sinkt, wenn es untergeht. Ich bin während des Burenkriegs nach St. Helena gesegelt. Man kann leben auf einem Schiff, genauso wie auf einem Ochsenkarren. Bloß ist ein Schiff natürlich weniger bequem. Und die Zeiten zwischen dem Ausspannen dauern länger.«

»Ich habe irgendwo gehört, daß Seeleute ihren Weg mit Hilfe der Sterne finden«, sagte Jan Ockerse, »ich frage mich, wozu die Leute mir solche Geschichten erzählen.«

Eine Weile lag er schweigend da, blickte hinauf zu den Sternen und dachte nach.

»Ich erinnere mich an einen Abend, da stand ich auf Annie Steyns Terrasse und habe ihr was von den Sternen erzählt«, sagte Jan Ockerse schließlich. »Ich mußte das Vieh zum Limpopo treiben wegen der Dürre. Ich habe Annie gesagt, daß ich weg sein würde, bis die Regenzeit käme, und ich habe ihr gesagt, während ich weg sei, müsse sie jede Nacht zu einem bestimmten Stern hochgucken und an mich denken. Ich zeigte ihr, zu welchem Stern. Diese drei Sterne dort, die in gerader Linie dicht beieinanderstehen. Sie sollte sich mit Hilfe des mittleren an mich erinnern, sagte ich. Aber Annie erklärte, daß Willem Mostert, der vor ungefähr einer Woche zum Limpopo gezogen war, sich bereits diesen mittleren Stern ausgesucht habe, mit Hilfe dessen sie sich an ihn erinnern solle. Da sagte ich, na gut, der oberste Stern wäre auch recht. Aber Annie sagte, der gehöre bereits Stoffel Brink. Schließlich willigte ich dann ein, daß sie sich mit Hilfe des untersten Sterns an mich erinnern sollte, und Annie war immer noch dabei zu sagen, daß sie jede Nacht den untersten dieser drei Sterne ansehen und dabei an mich denken werde, als ihr Vater, der offenbar hinter der Tür gehorcht hatte, auf die Veranda trat und sagte: ›Und in wolkigen Nächten?‹ Wahrscheinlich glaubte er, sehr witzig zu sein.«

»Und was geschah dann?« fragte ich Jan Ockerse.

»Annie war sehr wütend«, antwortete er. »Sie sagte ihrem Vater, er verderbe immer alles. Sie sagte ihm, er sei überhaupt nicht komisch, wirklich, um so mehr, als ich der dritte junge Mann sei, zu dem er genau das gleiche gesagt habe. Sie sagte, ganz gleich, wie spinnert so ein junger Bursche auch sein möge, habe ihr Vater doch kein Recht, sich in seiner Anwesenheit so über ihn lustig zu machen. Es tat gut zu hören, wie sich Annie für mich ins Zeug legte. Na ja, was danach kam, ist eine lange Geschichte. Am Limpopo traf ich auf Willem Mostert und Stoffel Brink. Und wir blieben dort einige Monate lang zusammen. Und es muß für jeden Fremden ein ungewöhnlicher Anblick gewesen sein, dort jede Nacht drei junge Männer rund um das Lagerfeuer hocken zu sehen, die hinauf zu den Sternen sahen. Mit der Zeit freundeten wir uns an, und als die Regenzeit kam, treckten wir drei wieder in die Marico zurück. Und da fand ich dann heraus, daß Annies Vater recht gehabt hatte. Was die wolkigen Nächte betrifft, meine ich. Denn ich begriff, daß es genau so eine Nacht gewesen sein mußte, in der Annie mit einem Pachtbauern, der Arbeit in den Minen finden wollte, nach Johannesburg ausgerissen war.«

Jan Ockerse seufzte und hing wieder seinen Gedanken nach.

Aber über all der Zeit, die wir mit Reden und Schlafen verbracht hatten, war die Nacht zum großen Teil verstrichen. Wir hielten jetzt nur noch ein Feuer am Brennen, und Jan Ockerse und ich wechselten uns mit dem Holzauflegen ab. Kurz vor der Dämmerung wird es sehr kalt, und wir bibberten beide.

»Na ja«, sagte Jan Ockerse nach einer Weile, »jetzt weißt du auch, warum ich mich für Sterne interessiere. Ich war ein junger Mann, als das alles passierte. Und ich habe sehr wenigen Leuten davon erzählt. Siebzehn Leuten ungefähr, würde ich sagen. Die anderen haben nicht zugehört. Aber jedes Mal, wenn ich in einer klaren Nacht diese drei hellen Sterne in einer Reihe sehe, dann schaue ich lange auf den untersten Stern, und die Art und Weise, wie er leuchtet, scheint mir irgend etwas ungeheuer Freundliches zu haben. Es scheint mein Stern zu sein, Schalk, und er hat auch ein anderes Licht als die anderen Sterne … Und weißt du, Schalk, Annie Steyn hatte so rote Lippen. Und so langes, weiches Haar, Schalk. Und dann dieses Lächeln.«

Danach verblaßten die Sterne, und wir trieben die Esel zusammen und machten uns reisefertig. Und ich fragte mich, was Annie Steyn davon gehalten hätte, wenn sie gewußt hätte, daß all die Jahre hindurch dieser Mann hier in Nächten, wenn der Himmel klar war, zu den Sternen hinaufblickte und von ihren Lippen und ihrem Haar und ihrem Lächeln träumte. Aber kaum dachte ich darüber nach, wußte ich auch schon die Antwort. Natürlich würde Annie Steyn keinen Gedanken an Jan Ockerse verschwenden. Keinen einzigen.

Und zweifelsohne hatte Annie Steyn damit auch ganz recht.

Aber es war schon komisch, wenn man darüber nachdachte, daß wir eine ganze Nacht lang damit verbracht hatten, über die Sterne zu sprechen. Und daß ich bis dahin nicht gewußt hatte, daß es wegen einer langvergangenen Liebesgeschichte war.

Wir kletterten auf den Karren und fuhren los, um nach dem Heimweg zu suchen.

»Ich wußte ja, daß dieser Lehrer in der Bar in Zeerust sich getäuscht hat«, sagte Jan Ockerse schließlich, »als er versuchte zu erklären, wie weit die Sterne weg sind. Der unterste von diesen Sternen – ah, jetzt ist er gerade verschwunden –, der ist mir ganz nah. Doch, der ist ganz nah.«

Willem Prinsloos Pfirsichschnaps

NEIN (SAGTE OOM SCHALK LOURENS), Blumen findet man keine in der Groot Marico. Es ist keine schlechte Gegend für Mais, und einmal habe ich sogar recht gute Zwiebeln geerntet, die ich in einem kleinen Garten zog, den ich hinter dem Staudamm angelegt hatte. Aber was man nun allen Ernstes Blumen nennen könnte, ist hier in der Gegend eine seltene Erscheinung. Vielleicht liegt es an der Hitze. Oder an der Trockenheit.

Aber wann immer ich über Blumen rede, muß ich an Willem Prinsloos Farm auf dem Abjaterskop denken, wo das Tanzvergnügen stattfand, und an Fritz Pretorius, wie er blaß und unwohl am Straßenrand hockte, und an die weiße Rose, die ich übermütig an meinem Hut trug. Aber vor allem muß ich dann an Grieta denken.

Wenn man über meinen Farmgrund bis auf die Anhöhe geht und in Richtung Nordwesten blickt, dann kann man den Abjaterskop hinter dem Grat der Dwarsberge sehen. Die Leute werden euch erzählen, daß es auf dem Abjaterskop Geister gibt, und daß dort einst Hexen umgingen. Ich will das gern glauben. Ich war nur ein Mal auf dem Abjaterskop. Das ist viele Jahre her. Und ich bin nie wieder dort gewesen. Obwohl es weder die Geister waren, die mich davon abgehalten haben, noch die Hexen.

Grieta Prinsloo wurde vom Mädchenpensionat in Zeerust zurückerwartet, wohin sie gegangen war, um englische Manieren und Diktat und andere vornehme Fächer zu lernen. Zu diesem Anlaß, um Grietas Rückkehr zu feiern, bereitete Willem Prinsloo, ihr Vater, auf seiner Farm auf dem Abjaterskop ein großes Tanzvergnügen vor.

Ich war zu dem Fest eingeladen. Desgleichen Fritz Pretorius. Desgleichen jeder andere Weiße im Distrikt, von Derdepoort bis Ramoutsa. Ja und mehr noch: fast jeder fuhr tatsächlich auch hin. Logischerweise hatten wir alle ein wenig Lampenfieber vor der Begegnung mit Grieta. Bei all den vornehmen Dingen, die sie im Pensionat gelernt hatte, würden wir gar nicht mehr fähig sein, einfach mit ihr zu plaudern, ganz so als wäre sie ein normales Burenmädchen. Aber was uns dann letztlich doch alle auf den Abjaterskop trieb, das war unser Wissen, daß Willem Prinsloo den besten Pfirsichschnaps im ganzen Distrikt brannte.

Fritz Pretorius sprach mich auf die Schwierigkeiten an, vor die Grietas Bildung uns stellte.

»Ja, Junge«, sagte er, »ich hab ziemlich Schiß, mit ihr zu reden, das kann ich dir sagen. Allerdings hab ich meine Allgemeinbildung ein bißchen aufpoliert. Gestern hab ich meine alte Schiefertafel rausgeholt, die ich das letzte Mal vor siebzehn Jahren in der Hand hatte, an meinem letzten Schultag, und habe ein wenig Rechnen geübt. Ich habe addiert und subtrahiert. Auch ein bißchen Multiplikation hab ich versucht. Aber ich habe vergessen, wie das genau geht.«

Ich sagte Fritz, daß ich ihm gerne geholfen hätte, aber bis zur Multiplikation sei ich nie gediehen.

Dann kam der Tag des Tanzvergnügens. Die Postkutsche, die Grieta zum Haus ihres Vaters brachte, fuhr am Morgen durch Drogedal. Am Nachmittag kleidete ich mich um. Ich trug ein schwarzes Jackett, eine beigefarbene Hose und ein rosa Hemd. Dazu zog ich die braunen Stiefel an, die ich ungefähr ein Jahr zuvor gekauft und die zu tragen ich bis jetzt noch keine Gelegenheit gehabt hatte. Denn ich hätte lächerlich gewirkt, wäre ich in gekauften Stiefeln über die Farm stolziert, während alle anderen selbstgeschusterte Veldskoens trugen.

Während ich mein Pferd bestieg und dann die Staatsstraße hinabritt, den Hut verwegen schief auf dem Kopf, war ich überzeugt, daß ich bei weitem der bestgekleidete junge Mann auf diesem Tanzvergnügen sein würde.

Die Dämmerung begann schon zu fallen, als ich den Fuß des Abjaterskop erreichte, um den ich herum mußte, um Willem Prinsloos Farm zu erreichen, die dahinter in ein schmales Tal geschmiegt lag. Während ich so ritt, kam mir der Gedanke, daß es eine blödsinnige Entscheidung war, in einer Gegend zu leben, in der es angeblich spukte. Die Bäume wurden immer höher und standen immer dichter, wie immer an Hängen. Und außerdem wurden sie immer düsterer.

Überall fielen sonderbare, lange Schatten. Deren Aussehen sagte mir überhaupt nicht zu, ich erinnerte mich an Geschichten über die Hexen des Abjaterskop, die ich gehört hatte, und was sie Reisenden antaten, die in der Dunkelheit vom Weg abkamen. Und es schien ganz schnell geschehen zu können, daß man zwischen all den hohen Bäumen vom Weg abkam. Deswegen spornte ich auch mein Pferd zum Galopp an, um so schnell wie möglich diese unheimliche Gegend hinter mir zu lassen. Schließlich ist ein Pferd ein empfindsames Wesen, was Dinge wie Geister oder Hexen betrifft, und es war meine Pflicht, darauf zu achten, daß mein Pferd sich nicht ohne Not ängstigte. Um so mehr, als plötzlich ein eisiger Wind durch die Schlucht fegte und es ein-, zweimal ganz so klang, als riefe eine bösartige Stimme meinen Namen. Da begann ich richtig schnell zu reiten. Ein paar Augenblicke später allerdings wandte ich mich um und verstand den

Zusammenhang. Es war nämlich Fritz Pretorius, der hinter mir hergaloppiert kam.

»Was hast du es denn plötzlich so eilig gehabt?« fragte Fritz, nachdem ich das Pferd gezügelt hatte, so daß er herankommen konnte.

»Ich wollte gerne aus diesem Wald raus sein, bevor es zu dunkel wird«, antwortete ich. »Ich wollte nicht, daß mein Pferd sich erschreckt.«

»Deswegen hast du vermutlich auch die Arme um seinen Hals geschlungen beim Reiten«, bemerkte Fritz. »Um es zu beruhigen.«

Ich antwortete nicht. Aber mir fiel auf, daß Fritz ebenfalls recht flott gekleidet war. Zwar schlug ich ihn, was Hemd und Stiefel betraf, dafür aber war er in einen neuen grauen Anzug gekleidet und hatte die Strümpfe über den Ansatz der Hosenbeine gezogen. Zudem hatte er ein Taschentuch bei sich, das er mehrmals ostentativ aus der Tasche zog.

Natürlich war es unmöglich, daß ich auf jemanden wie Fritz Pretorius eifersüchtig war. Mir tat nur der Gedanke leid, daß er sich auf dem Fest mit etwas derart Absurdem wie einem Taschentuch zum Gespött der ganzen Gesellschaft machen würde.

Dann kamen wir an Willem Prinsloos Haus an. Es standen derart viele Ochsenkarren auf dem Feld, daß es aussah, als wäre ein Heerlager aufgeschlagen worden. Prinsloo empfing uns an der Tür.

»Geht direkt durch, Kerls«, sagte er. »Der Tanzboden ist im Vorbau. Der Pfirsichschnaps steht in der Küche.«

Obwohl der Vorbau sehr groß war, standen hier so viele Leute, daß es fast unmöglich war zu tanzen. Aber das war noch nichts gegen das Gedränge in der Küche. Und auch die Musik im Vorbau, die von einer Reihe Männern mit Gitarren und Konzertinas gespielt wurde, war nicht so laut wie die in der Küche, wo es zwar keine Band gab, aber dafür jeder einzelne am Singen war.

Das waren sichere Zeichen, daß das Fest ein großer Erfolg werden würde.

Nachdem ich ungefähr eine halbe Stunde in der Küche gewesen war, entschloß ich mich, in den Vorbau zu gehen. Es kam mir jetzt wie ein ziemlich weiter Weg vor, die Strecke von der Küche zum Vorbau, und ich mußte mich mehrmals an die Wand lehnen, um nachzudenken. Ich kam an einer Reihe anderer Männer vorbei, die ebenfalls an der Wand lehnten und nachdachten. Einer der Männer hatte sogar herausgefunden, daß das Nachdenken am besten funktionierte, wenn er sich auf den Boden setzte und den Kopf mit den Armen umschlang.

Es war offensichtlich, daß Willem Prinsloo ausgezeichneten Pfirsichschnaps brannte.

Dann entdeckte ich Fritz Pretorius, und sein Anblick brachte mich auf einen Schlag zur Besinnung. Er wedelte im Takt der Musik lässig mit seinem weißen Taschentuch herum und redete dabei auf ein Mädchen ein, das mit leuchtenden Augen und roten Lippen und kleinen weißen Zähnen zu ihm aufsah.

Ich wußte auf der Stelle, daß das Grieta sein mußte.

Sie war hochgewachsen und schlank und sehr hübsch, und in ihr dunkles Haar war ein Kranz weißer Rosen geflochten, der offensichtlich am selben Morgen in Zeerust gekauft worden war. Und sie sah noch nicht einmal so aus wie die Art Mädchen, in deren Gegenwart man sich unbedingt schlagfertig und gebildet geben mußte. Ich hatte sogar den Eindruck, daß ich das Einmaleins mit Zwölf, das ich aus einem Schulschreibheft gerissen und in mein Jackett gesteckt hatte, bevor ich losritt, überhaupt nicht brauchen würde.

Ich könnt euch vorstellen, daß es nicht ganz leicht für mich war, ein Wort mit Grieta zu reden, solange Fritz um sie herum war. Aber irgendwann gelang es mir, und während ich mit ihr sprach, sah ich zu meinem größten Vergnügen aus den Augenwinkeln die Richtung, die Fritz einschlug. Er ging zur Küche, und sein Taschentuch wedelte hinter ihm her – in die Küche, wo gelacht wurde und gesungen, und wo Willem Prinsloos Pfirsichschnaps stand.

Ich sagte Grieta, daß ich Schalk Lourens sei.

»Oh ja, von dir habe ich schon gehört«, antwortete sie, »von Fritz Pretorius.«

Ich wußte, was das hieß. Deswegen sagte ich ihr auch, daß Fritz in der ganzen Marico für seine Lügengeschichten bekannt sei. Ich erzählte ihr auch noch andere Sachen über Fritz. Zehn Minuten später, als ich noch immer über ihn redete, lächelte Grieta und sagte, den Rest könne ich ihr an irgendeinem anderen Abend erzählen.

»Aber eine Sache muß ich dir einfach noch erzählen«, beharrte ich. »Als er wußte, daß er dich hier heute abend beim Tanz treffen würde, da hat Fritz angefangen, Hausaufgaben zu machen.«

Ich verriet ihr das mit der Schiefertafel und den Rechenübungen, und Grieta lachte leise. Wieder durchfuhr es mich, wie hübsch sie war. Und ihre Augen leuchteten im Kerzenschein. Und die Rosen waren so weiß gegen ihr dunkles Haar. Und die ganze Zeit über wirbelten die Tänzer um uns herum, und die Band in der Diele spielte flotte Tanzmusik, und aus der Küche kam merkwürdiges Jubelgeschrei herüber.

Der Rest ging dann sehr schnell.

Ich kann mich nicht einmal mehr erinnern, wie es alles genau geschah. Aber was ich noch sicher weiß, das ist, daß es mir, als wir plötzlich draußen waren, unter den hohen Bäumen und mit den Sternen über uns, sehr leichtfiel zu glauben, daß Grieta überhaupt kein Mädchen war, sondern eine der Hexen vom Abjaterskop, die einen mit einem sonderbaren Zauberbann belegen.

Wer mir allerdings zugehört hätte, wäre nicht auf den Gedanken gekommen, was für verrückte, aufregende Sachen mir im Herzen rumorten.

Ich erzählte Grieta von der Dürre letztes Jahr und von den Schwierigkeiten, die Termiten davon abzuhalten, sich durch Tür- und Fensterrahmen zu fressen, und davon, daß meine neuen, braunen Stiefel die Tendenz hatten, mir die Haut von den Zehen zu reiben, wenn ich schneller ging.

Dann rückte ich näher an sie heran.

»Grieta«, sagte ich und nahm ihre Hand. »Grieta, da gibt es etwas, das ich dir sagen muß.«

Sie zog ihre Hand weg. Allerdings sehr liebevoll. Fast schon betrübt.

»Ich weiß, was du sagen möchtest«, antwortete sie.

Das überraschte mich.

»Woher weißt du das, Grieta?« fragte ich.

»Oh, ich weiß eine ganze Menge Sachen«, erwiderte sie und lachte nun wieder. »Ich war ja nicht ganz umsonst auf dem Mädchenpensionat.«

»Aber das meine ich doch überhaupt nicht«, sagte ich auf der Stelle. »Ich wollte nicht übers Buchstabieren oder übers Rechnen sprechen. Was ich dir sagen wollte, ist –«

»Sag es bitte nicht, Schalk«, unterbrach sie mich. »Ich – ich weiß nicht, ob ich es wert bin, das zu hören. Ich weiß nicht einmal –«

»Aber du bist so schön«, rief ich. »Ich muß dir einfach sagen, wie schön du bist.«

Aber genau in dem Augenblick, als ich näher trat, wich sie zurück und entzog sich mir geschmeidig. Ich konnte gar nicht verstehen, wie sie den Moment so genau hatte abpassen können. Und sosehr ich mich auch bemühte, ich konnte sie nicht fangen. Sie lief leichtfüßig und graziös zwischen den Bäumen hindurch, und ich immer hinterher, so gut ich es vermochte.

Es war allerdings nicht nur meine fehlende Bildung, die mich behinderte. Es waren auch meine neuen Stiefel. Und Willem Prinsloos Pfirsichschnaps. Und die Deichsel eines Mauleselkarrens, das heißt das untere Ende, das im Gras lag.

Ich fiel aber nicht sonderlich hart. An der Stelle war das Gras lang und dicht. Aber schon im Moment meines Fallens überkam mich eine große Freude. Und alles andere auf der Welt war mir egal.

Denn Grieta hatte aufgehört, davonzulaufen. Sie drehte sich um. Eine Sekunde lang neigte ihr Körper, schlank und undeutlich in der Dunkelheit, sich mir zu. Dann flog ihre Hand in die Luft. Ihre Finger zupften an dem Kranz. Und das nächste, was ich wußte, war, daß da, zum Greifen nah, eine kleine, weiße Rose im Gras lag.

Ich werde mein Lebtag die Erregung nicht vergessen, mit der ich diese Rose aufhob, und wie ich dann zitterte, als ich sie mir an den Hut steckte. Ich werde mein Lebtag nicht vergessen, was ich für einen Aufruhr verursachte, als ich die Küche betrat. Jedermann hielt mit dem Trinken inne, um auf die Rose an meinem Hut zu starren. Die jungen Männer fingen an, ihre Witze zu reißen. Die älteren Männer zwinkerten ironisch und klopften mir auf die Schulter.

Obwohl Fritz Pretorius sich nicht in der Küche befand, um Zeuge meines Triumphs zu werden, war mir klar, daß er auf die eine oder andere Weise davon erfahren würde. Und dann würde ihm bewußt werden, welche Unvorsichtigkeit es für einen Typen wie ihn bedeutete, sich als der Rivale von Schalk Lourens aufzuspielen.

Den Rest der Nacht war ich ein Held.

Die Männer in der Küche hievten mich auf den Tisch. Sie gossen mich mit Schnaps voll und tranken auf meine Gesundheit. Und als mich dann später ein Dutzend von ihnen hinaustrug und mich auf einen Ochsenkarren legte, damit ich frische Luft schnappen konnte, fielen sie nur einmal mit mir hin.

Bei Tagesanbruch lag ich immer noch auf diesem Karren.

Beim Aufwachen war mir sehr schlecht – bis ich mich an Grietas Rose erinnerte. Da war sie, diese weiße Rose, und steckte noch immer an meinem Hut, auf daß die ganze Welt wisse, daß Greta Prinsloo mich vor allen anderen Männern erwählt hatte.

Was die anderen Leute allerdings nicht unbedingt wissen sollten, das war, daß ich stundenlang auf diesem Ochsenkarren geschlafen hatte, nachdem alle anderen Gäste schon fort waren. Also ritt ich ganz still davon, dankbar, daß niemand auf den Beinen war, der mich beobachtete.

Mein Kopf war ziemlich benommen, während ich ritt, aber mein Herz fühlte sich an, als flatterten grüne Flügel darin, und obwohl es mittlerweile Tag war, strich derselbe sanfte Wind übers Gras, der schon gegangen war, als Grieta mir die Rose zuwarf und unter dem Sternenhimmel stand.

Ich ritt langsam zwischen den Bäumen am Hang des Abjaterskop hindurch und kam gerade an die Stelle, wo der Weg wieder nach Süden geht, als ich etwas erblickte, das mich darüber nachdenken ließ, ob sie den Mädchen auf diesen schicken Pensionaten nicht vielleicht ein bißchen zuviel beibringen.

Zunächst sah ich das Pferd von Fritz Pretorius am Wegrand stehen.

Dann sah ich Fritz. Er saß da, gegen eine Akazie gelehnt, das Kinn auf die Knie gestützt. Er war sehr blaß und sah aus, als wäre ihm sehr übel. Aber das, was mich in Sachen Mädchenpensionate so sehr nachdenklich machte, das war, daß an Fritzens Hut, der ein Stück weit von ihm auf die Erde gefallen war, eine kleine, weiße Rose steckte.

Ochsenkarren unterwegs

WENN ICH SO SEHE, wie der Regen weiß auf die Akazien pladdert wie jetzt (sagte Oom Schalk Lourens), dann erinnere ich mich an ein anderes Mal, als es regnete. Und da war ein Mädchen in einem Ochsenkarren, und das träumte. Und als Antwort auf ihre Träume erschien ein Geliebter und kam aus der Steppe an ihre Seite galoppiert. Aber er verweilte nur eine kurze Zeit, dieser Geliebte, der aus dem Regendunst und der Wärme ihrer Träume zu ihr gekommen war.

Aber als er wieder fort war, lag da ein satter Blick in ihren Augen, der ihren Geliebten sehr verwirrt haben würde, denn es war beinahe ein Blick tiefer Befriedigung.

An jenem Tag hatte es von Sephton's Nek an den ganzen Weg über geregnet. Und die fünf Ochsenkarren auf der Straße nach Norden rollten schwerfällig durch den Matsch. Wir waren zum Nagmaal-Gottesdienst, den wir einmal im Jahr besuchten, in Zeerust gewesen.

Ihr wißt ja, wie es mit diesen Nagmaals geht.

Der Herr verteilt diese Festlichkeiten über so viele Tage, daß man nicht nur Zeit hat, in die Kirche zu gehen, sondern auch die Gelegenheit, das Lichtspielhaus zu besuchen. Manchmal hat man sogar die Gelegenheit, eine Bar aufzusuchen. Aber da muß man zum Hintereingang hinein, durch die düstere Passage neben dem Tuchhändler.

Denn Zeerust ist ein kleiner Ort, und wenn sie dich sehen, wie du während der Nagmaal-Tage in die Bar gehst, dann fangen die Leute an zu reden. Ich weiß noch, wie verblüfft ich eines Morgens war, als ich diese düstere Passage neben dem Tuchhändler betrat und dort den Pastor stehen sah, der sich den Mund abwischte. Der Pastor sah mich an und schüttelte ernst den Kopf, und ich fühlte mich sehr schuldig.

Also ging ich statt dessen ins Lichtspielhaus.

Der Saal war sehr voll. Am Anfang konnte ich dem Film nicht so recht folgen, aber später erklärte mir ein kleiner Junge, der neben mir saß und Englisch konnte, worum es sich drehte.

Es ging um einen jungen Mann, dessen Job, wie er es nannte, darin bestand, Leute aufs Kreuz zu legen. Später bekam er dann Ärger mit der Polizei. Aber er war ein hübscher junger Mann, und dem Mädchen, das ihn liebte, tat es sehr leid, als sie ihn schließlich in ein kleines Zimmer brachten und dort auf einer Art Stuhl festschnallten.

Wozu sie das taten, ist mir nicht klar. Ich weiß nur soviel, daß ich ein Kriegsgefangener im Burenkrieg war, auf St. Helena, und dort hat mir keiner einen Stuhl gegeben, auf den ich mich hätte setzen können. Nur eine lange Holzbank, die ich einmal pro Woche schrubben mußte.

Wie auch immer, ich weiß jedenfalls nicht, was danach mit dem jungen Mann geschah, denn er saß immer noch auf diesem Stuhl, als die Band eine englische Hymne über König Georg zu spielen begann und jedermann sich von seinem Platz erhob.

Und ein paar Tage später rollten fünf Ochsenkarren voller Leute, die das Nagmaal in Zeerust besucht hatten, die Straße entlang, die zurück in die Groot Marico führte. Unter den Planen hockten die Frauen und Kinder und lauschten dem Regen, der auf die

Leinwand prasselte. Neben den Ochsen liefen die Kutscher her und ließen ihre langen Peitschen knallen, während der Regen ihnen ins Gesicht schlug.

Über unseren Köpfen nur Schwärze, abgesehen von den häufigen Blitzen, die den Himmel zerrissen.

Nachdem ich eine Weile so gegangen war, begann ich mich einsam zu fühlen. Also übergab ich meine Peitsche dem Ochsentreiber und ging nach vorn zum Wagen von Adriaan Brand. Ein Stück weit ging ich schweigend neben Adriaan her, der seine Hosenbeine bis zu den Knien hochgekrempelt hatte, und der einige Schwierigkeiten hatte, gleichzeitig seine Peitsche zu schwingen und seine Pfeife trocken zu halten.

»Es ist wegen Minnie«, sagte Adriaan Brand plötzlich und meinte damit seine neunzehnjährige Tochter. »Es gibt genau einen Ort in Zeerust, wohin sie besser nicht gehen sollte. Und wo ist sie bei jedem Nagmaal zu meiner größten Sorge gewesen? Dort. Das steigt ihr nämlich alles zu Kopf.«

»Allerdings«, antwortete ich. »Das tut es immer.«

Trotzdem war ich über Adriaans Bemerkung nicht schlecht erstaunt. Minnie kam mir eigentlich nicht wie die Art Mädchen vor, die das Geld ihres Vaters in der Bar für Pfirsichschnaps ausgeben würde. Ich begann schon mich zu fragen, ob sie mich wohl in der Tuchhändlerpassage gesehen hatte. Dann sprach Adriaan weiter, und ich fühlte mich gleich erleichterter.

»Dieser Ort, wo sie diese Kintoppfilme zeigen«, erklärte er. »Jedesmal wenn Minnie da hingeht, kommt sie wieder raus mit Ideen, die nichts sind für eine Farmerstochter. Aber diesmal ist sie völlig unmöglich. Zunächst mal sagt sie, sie wolle Frans du Toit nicht mehr heiraten. Sie sagt, Frans sei zu ehrlich.«

»Nun, das muß ja kein Hindernis sein, Adriaan«, sagte ich. »Du kannst Frans du Toit doch ein paar von den Sachen beibringen, die du gemacht hast. Das wird ihn schon unehrlich genug machen. Wie damals, als du dein Brandzeichen auf die streunenden Ochsen gesetzt hast, die sich in deinen Kraal verirrt hatten. Oder wie du nach der Rinderpest die Zahlen auf dem Formular für die Entschädigungen manipuliert hast. Oder wie du –«

Adriaan sah mich mit einem gewissen Mißfallen an.

»Darum geht es nicht«, unterbrach er mich, während ich immer noch versuchte, mich einer ganzen Menge anderer Sachen zu entsinnen, die er Frans du Toit beibringen konnte, »Minnie will einen geheimnisvollen Typ Mann. Sie will zwar einen Mann, der unehrlich ist, der aber zugleich auch ausländische Manieren und ein gutes Herz hat. So einen Mann hat sie nämlich in diesem Kintopp gesehen, wo sie hin ist, und seitdem –«

Wir drehten uns beide gemeinsam um.

Durch den weißen, regnerischen Nebel kam ein Reiter in unsere Richtung galoppiert, auf die Ochsenkarren zu. Er ritt schnell. Adriaan Brand und ich standen da und beobachteten ihn,

In diesem Moment waren unsere Karren ein gutes Stück hinter den anderen zurück.

Der Reiter kam in vollem Galopp herangedonnert, bis er auf unserer Höhe war. Dann zügelte er sein Pferd so scharf, daß es mit den Vorderläufen hochstieg.

Der Fremde sagte uns, sein Name sei Koos Fichardt, und er befinde sich auf dem Weg ins Protektorat Betschuanaland. Adriaan Brand und ich stellten uns auch vor, und kurz darauf nahm Fichardt unsere Einladung an, die Nacht mit uns zu verbringen.

Etwa eine Meile weiter spannten wir aus, zogen die fünf Wagen nebeneinander und versuchten, ein wenig Schutz zu schaffen, indem wir eine Plane aufspannten.

Am nächsten Morgen hatte der Regen aufgehört. Mittlerweile hatte Koos Fichardt auch Adriaans Tochter Minnie entdeckt. Also entschloß er sich, noch etwas bei uns zu bleiben.

Wir zogen weiter, und von dort, wo ich ging, neben meinem Ochsen, konnte ich Koos Fichardt und Minnie sehen. Sie saßen hinten auf Adriaan Brands Wagen, ohne Kopfbedeckung, ließen die Beine baumeln und die morgendliche Brise durch ihr Haar wehen, und es war deutlich zu sehen, daß Minnie von dem Fremden fasziniert war. Auch er schien sich sehr für sie zu interessieren.

So wird einem zumute, wenn plötzlich nach langem Regen ein strahlender Morgen graut und ein leiser Wind durchs niedrige Gras streift und man, eine kurze Zeitlang, das Gefühl hat, man wisse dieselben Dinge, die das Veld weiß, und in deinem Herzen wispert und flüstert es.

Die meiste Zeit saßen sie händchenhaltend da, Fichardt redete ununterbrochen, und Minnie nickte in regelmäßigen Abständen dazu mit ihrem schönen Kopf und spornte ihn an weiterzuerzählen. Und natürlich waren es alles Lügenmärchen, was er ihr erzählte, nehme ich an, solche, wie sie nur ein verliebter junger Mann erzählen kann.

Ich entsann mich dessen, was Adriaan mir über die Ideen erzählt hatte, mit denen Minnie aus dem Lichtspielhaus gekommen war. Und wenn ich Fichardt genau betrachtete, dann fiel mir auf, daß er in vielem jenem Mann ähnelte, den ich in dem Film gesehen hatte und der auf diesen Stuhl geschnallt worden war.

Fichardt war großgewachsen und dunkelhaarig und gutgekleidet. Er hatte einen schwungvollen Gang. Er war von unbekümmertem und angenehmem Umgang, und wir mochten ihn alle gern.

Aber ein, zwei sonderbare Dinge fielen mir an Koos Fichardt auf. Zum Beispiel hörten wir, kurz nachdem unsere Wagen in einen Hain hoher Kameldornbäume eingetaucht waren, Pferde in unsere Richtung galoppieren. Es stellte sich heraus, daß die Reiter Farmer aus der Gegend waren. Aber sobald er die Hufschläge hörte, ließ Koos Fichardt Minnies Hand los und kroch unter eine Plane.

Oder genauer gesagt, er sprang darunter, so schnell ging das.

Ich sagte mir, daß Fichardts Handlung natürlich nicht unbedingt etwas zu bedeuten hatte. Schließlich muß es einem Mann erlaubt sein, plötzlich das Gefühl zu haben, er müsse einmal nachsehen, was sich unter der Plane befindet, auf der er sitzt. Und wenn er es denn so will, schadet es auch niemandem, wenn er sich dieser Aufgabe eine ganze Zeitlang widmet. Und dann ist es auch ganz natürlich, daß er mit verstrubbeltem Haar wieder darunter hervorkommt und daß sein Gesicht ziemlich blaß ist.

Dieser Abend am Groen River nach dem Ausspannen war sehr angenehm. Wir versammelten uns alle ums Lagerfeuer, grillten Fleisch und kochten zerstampfte Maiskolben. Wir sangen Lieder und erzählten Gespenstergeschichten. Und ich fragte mich, was Frans du Toit, dieser ehrliche junge Mann, den Minnie in Zeerust ausrangiert hatte, wohl gedacht hätte, würde er Minnie Brand und Koos Fichardt gesehen haben, wie sie einander ungeniert in den Armen lagen, so daß alle Welt ihre Liebe sehen konnte, während das Lagerfeuer ein warmes Licht auf die Erregung warf, die in ihren Gesichtern zu lesen stand.

Und obwohl ich wußte, wie wundervoll diese vergänglichen Augenblicke für die zwei waren, konnte ich nicht anders, vielleicht weil ich so viel von der Welt gesehen habe, als sie zugleich auch zu bedauern.

Den nächsten Tag zogen wir nicht weiter.

Der Groen River führte wegen des starken Regens Hochwasser, und Oupa van Tonder, der lange Zeit am Kap gelebt hatte und sich mit Flüssen auskannte, ja, der sogar schwimmen konnte, sagte uns, es würde noch mindestens vierundzwanzig Stunden gefährlich sein, durch die Strömung zu fahren. Deshalb beschlossen wir, noch bis zum nächsten Morgen dort lagern zu bleiben, wo wir waren.

Zunächst machte diese Neuigkeit Koos Fichardt sehr betroffen, und er erklärte, wie wichtig es für ihn sei, bis zu einem bestimmten Tag das Protektorat Betschuanaland erreicht zu haben. Aber nach einer Weile schien er sich mit der Notwendigkeit abzufinden, daß er warten mußte, bis das Wasser gesunken war.

Ich bemerkte aber, daß er häufig über die Steppe in die Richtung spähte, aus der wir gekommen waren. Und ich fand, daß sein Blick ziemlich besorgt aussah.

Ein paar der Männer waren jagen gegangen. Andere blieben bei ihren Karren und erledigten alle möglichen Arbeiten an den Jochen oder den Zugketten. Koos Fichardt legte hier und da mit Hand an, unter anderem half er Minnie beim Kochen. Sie lachten und schäkerten dabei ziemlich viel.

Dann wurde es wieder Nacht, und die Insassen der fünf Wagen fanden sich wieder um das lodernde Feuer zusammen. In mancherlei Hinsicht war dieser Abend sogar noch großartiger als der davor. Die Lieder, die wir sangen, waren noch mitreißender. Die Geschichten, die wir erzählten, schienen noch mehr Kraft zu haben.

Am nächsten Morgen, als die Karren soweit waren, durch den Fluß zu fahren, herrschte große Aufregung. Und diese Aufregung kam nicht nur von der Hektik, die beim Anspannen der

Ochsen herrscht. Denn als wir den Fluß überquerten, geschah das ohne Koos Fichardt, und in Minnies Augen lag ein satter Blick.

Die Karren quietschten, und das Wasser spritzte, und wir sahen Koos Fichardt zum letzten Mal. Er saß auf seinem Pferd, und links und rechts von ihm war ein uniformierter Reiter. Und als er zum Abschied seinen Hut zog, mußte er das mit beiden Händen tun, weil die Handschellen seine Gelenke zusammenhielten.

Aber was ich immer im Gedächtnis behalten werde, das ist dieser satte Ausdruck in Minnies Augen. Es lag beinahe so etwas wie tiefe Befriedigung darin bei dem Gedanken, daß alles, was dem Mädchen in jenem Film widerfuhr, nun auch ihr widerfahren war.

Der Musikant

NATÜRLICH WEISS ICH über Geschichte Bescheid (sagte Oom Schalk Lourens), das ist der Kram, den Kinder in der Schule lernen. Letztens erst, in Thys Lemmers Postamt, hat Thys' kleiner Sohn Stoffel angefangen, aus seinem Geschichtsbuch vorzulesen, etwas über einen Mann namens Vasco da Gama, der das Kap besucht hat. Und da hat Dick Snyman natürlich gleich angefangen, dem jungen Stoffel davon zu erzählen, wie er das Kap besucht hat, aber der junge Stoffel hat sich nicht groß für ihn interessiert. Also meinte Dick Snyman, da könne man mal sehen.

Jedenfalls sagte Dick Snyman, das, was er dem jungen Stoffel eigentlich habe erzählen wollen, sei, daß letztes Mal, als er unten am Kap war, sich doch glatt ein Kaffer neben ihn in die Tram gesetzt hat. Und mehr noch, sagte Dick Snyman, die Leute hätten sich offensichtlich noch nicht mal was dabei gedacht.

Ja, es ist schon was Sonderbares, seinen Platz in der Geschichte haben zu wollen.

Nehmen wir zum Beispiel den Fall von Manie Kruger.

Manie Kruger war einer der besten Farmer in der Marico. Er wußte haargenau, wieviel Pfirsichschnaps er dem Steuereintreiber einschenken mußte, damit der träumerisch zu allem nickte, was Manie sagte. Und wenn einmal Dürre herrschte, dann konnte Manie schneller um Hilfe zur Regierung laufen als irgendein anderer Mann, den ich je kannte.

Eines Tages dann las Manie einen Artikel im *Kerkbode* über einen Musiker, der behauptete, er wisse mehr über Musik als Napoleon. Danach – und nachdem er zunächst einen zweiten Artikel gelesen hatte, um herauszufinden, wer Napoleon war – war Manie Kruger ein anderer Mensch. Er konnte über nichts anderes mehr reden als über seinen Platz in der Geschichte und seine musikalische Karriere.

Natürlich wußten alle, daß kein Mann in der Marico Manie Kruger das Wasser reichen konnte, wenn es darum ging, die Konzertina zu spielen.

Kein Tanzvergnügen im Bushveld war komplett ohne Manie Krugers Konzertina. Wenn er einen Vastrap spielte, konnte niemand die Füße stillhalten. Aber nachdem er beschlossen hatte, die Art von Musiker zu werden, die in die Geschichtsbücher kommt, war es merkwürdig, wie Manie Kruger sich veränderte. Zunächst einmal sagte er, er werde nie wieder bei einem Tanzvergnügen spielen. Wir waren alle traurig darüber. Man konnte sich die zukünftigen Tanzvergnügen im Bushveld kaum vorstellen. Zwar würde der Pfirsichschnaps in der Küche stehen, zwar würden die Füße der Tänzer in der Stube die Schrittfolgen von Ländler und Polka und Walzer und Mazurka tanzen, aber auf der Korbbank in der Ecke, wo die Musiker saßen, würde kein Manie Kruger sein. Zwar würden sie »Die Vaal Hare en die Blou Oge« und »Vat Jou Goen en Trek, Ferreira« spielen, aber die Finger, die über die Tasten der Konzertina huschten, würden einem anderen gehören. Und wenn dann durch den Pfirsichschnaps und die Tanzerei hindurch die jungen Männer rufen würden »Dagbreek toe!«, dann würde es nicht Manie Krugers Kopf sein, der sich in den Applaus hinein verneigte.

Es war traurig, sich all das auszumalen.

Denn seit undenkbarer Zeit war bei jedem Tanz im Bushveld Manie Kruger der Chefmusikant gewesen.

Und wir konnten sehen, daß von all denen, die die Veränderungen betrauerten, die mit Manie Kruger geschehen waren, keiner so bedrückt war wie Letta Steyn.

Und dann sagte Manie manchmal auch so verdrehte Sachen. Einmal sagte er, was er tun müsse, um Geschichte zu machen, das sei, in den Armen einer Prinzessin an Schwindsucht zu sterben, so wie ein anderer Musiker, über den er gelesen hatte. Es war allerdings nur schwer möglich, in der Marico die Schwindsucht zu bekommen, das Klima war viel zu gesund.

Obwohl Manie aufhörte, seine Konzertina zu Tanzvergnügen zu spielen, spielte er auf andere Weise doch noch sehr viel. Er begann nämlich, was er Konzertabende nannte, zu geben. Ich bin zu einigen hingegangen. Sie waren sehr beeindruckend.

Bei dem ersten Konzertabend, zu dem ich ging, stellte ich fest, daß die vordere Hälfte von Manies Stube mit Reihen von Bänken und Stühlen vollgestellt war, die er von denjenigen seiner Nachbarn geborgt hatte, die es nicht störte, ihre Mahlzeiten auf Kisten und umgedrehten Eimern sitzend einzunehmen. Hinten in der Stube war ein breiter grüner Vorhang über eine Leine gehängt. Als ich kam, war der Raum voll. Es gelang mir, mich zwischen Jan Terreblanche und eine junge Frau mit blauer Haube auf eine Bank zu quetschen. Jan Terreblanche hatte versucht, die Hand der jungen Frau zu halten.

Manie Kruger saß hinter dem grünen Vorhang. Er war bereits da, als ich kam. Ich wußte aufgrund seiner Veldskoens, die unter dem Vorhang hervorsahen, daß es Manie war. Letta Steyn saß vor mir. Ab und zu, wenn sie sich umdrehte, konnte ich sehen, daß ihr Gesicht rosig überhaucht war und ein Ausdruck dunkler Erregung in ihren Augen stand.

Schließlich war alles bereit, und Joel, der Farmkaffer, dem Manie diese Aufgabe übertragen hatte, zog langsam den grünen Vorhang beiseite. Ein paar von den jüngeren Männern riefen »Mahlzeit« oder »Manie«, und Jan Terreblanche fragte, ob es ihm nicht zu heiß werde und er überhaupt noch Luft bekomme, wenn er da so hinter diesem grünen Vorhang hocke.

Dann begann er zu spielen.

Und es war uns allen klar, daß dies die wundervollste Konzertinamusik war, der wir je gelauscht hatten. Es war Manie Kruger auf der Höhe seines Könnens. Er hatte für diesen Konzertabend lange geübt; seine Finger flogen über die Tasten, die Töne der Konzertina strömten uns ins Herz; die Musik Manie Krugers hob uns aus dieser Stube hinaus und empor in eine unbekannte und reiche und leuchtende Welt.

Es war großartig.

Der Applaus war von Anfang bis Ende donnernd. Am Ende jedes Stücks schloß der Kaffer den Vorhang vor Manie, und wir saßen ein paar Minuten da und warteten, bis der Vorhang wieder zur Seite gezogen wurde. Aber nach dem ersten Stück lachte niemand mehr über diese Prozedur. Das Konzert dauerte ungefähr anderthalb Stunden, und am Schluß war der Applaus sogar noch heftiger als zu Beginn. Und in diesen ganzen neunzig Minuten verließ Manie seinen Stuhl nur ein einziges Mal. Das war, als es irgendwelche Probleme mit dem Vorhang gab und Manie aufstehen mußte, um dem Kaffer einen Tritt zu versetzen.

Am Ende des Konzerts kam Manie nicht nach vorn, um unsere Hände zu schütteln, wie wir das erwartet hatten. Statt dessen verdrückte er sich hinter dem grünen Vorhang in Richtung Küche und ließ ausrichten, daß wir außenrum kommen und ihn hinten treffen könnten. Zunächst fanden wir das ein bißchen merkwürdig, aber Letta Steyn sagte, das sei schon in Ordnung so. Sie erklärte, daß alle großen Musiker und Bühnenartisten in anderen Ländern ihre Bewunderer am Hinterausgang empfingen. Jan Terreblanche sagte, wenn diese Künstler alle ihre Küche benutzten, um ihre Besucher zu bewirten, frage er sich, wo sie denn dann kochten.

Wie auch immer, die meisten von uns gingen außenrum zur Küche, und wir hatten viel Spaß dabei, Manie zu beglückwünschen und ihm die Hand zu schütteln, und Manie sprach viel über seine musikalische Zukunft und über die Triumphe, die er in den großen Städten der Welt feiern würde, wo er vor dem Vorhang stehen und sich in den Applaus hinein verneigen würde.

Danach gab Manie noch eine Reihe weiterer Konzertabende. Alle waren sie gleich schön. Bloß konnte er, weil er den ganzen Tag üben mußte, seiner Arbeit nicht mehr viel Aufmerksamkeit schenken. Das Ergebnis war, daß die Farm den Bach runterging und er in Schulden versank. Die Gerichtsbüttel kamen und nahmen die Hälfte seines Viehs mit, während er eifrig für seinen vierten Konzertabend übte. Und als er für den siebten übte, holten sie seinen Ochsenkarren und sein Maultiergespann ab.

Ungefähr zu der Zeit als Manies musikalische Karriere das Stadium erreichte, in dem sie ihm seinen Pflug und seinen letzten Ochsen wegnahmen, verkaufte er, was ihm noch an Besitz blieb, und verließ das Bushveld in Richtung jener großen Städte, über die er so oft gesprochen hatte. Der Abschied, den die Marico ihm bereitete, war grandios. Der Pastor und der Abgeordnete des Volksraad hielten beide Reden darüber, wie stolz Transvaal auf seinen großen Sohn sei. Dann antwortete Manie. Anstatt allerdings seinem Publikum zu danken, begann er uns mit Schmähworten zu überschütten, nannte uns eine Bande von Banausen und seelenlosen Philistern und sagte, wie sehr er uns verachte.

Natürlich waren wir über diesen Ausbruch reichlich überrascht, schließlich waren wir immer nett zu Manie Kruger gewesen und hatten ihn ermutigt, wo wir konnten. Aber Letta Steyn erklärte, daß Manie die Dinge, die er sagte, gar nicht so meine. Sie sagte, es sei nur so, daß von jedem großen Künstler erwartet werde, daß er sich so über den Ort äußere, aus dem er komme.

Also wußten wir, daß alles in Ordnung war, und je beleidigender die Dinge wurden, die Manie über uns sagte, desto lauter riefen wir: »Manie, er lebe dreimal hoch!« Und einen ganz besonders enthusiastischen Applaus gab es, als er sagte, wir wüßten ebensoviel über Kunst wie eine Boomslang. Seine Wortwahl war derber als alles, was ich je gehört habe – mit einer Ausnahme. Und das war, als de Wet sagte, was er von Cronjes Kapitulation vor den Engländern in Paardeberg hielt. Wir spürten, daß Manies Rede das Gelbe vom Ei war. Wir jubelten uns regelrecht heiser an jenem Tag.

Und das war Manie Krugers Abschied. Wir erhielten einen Brief, in dem stand, daß er in Pretoria angekommen war. Aber danach hörten wir nichts mehr von ihm.

Aber jedesmal, wenn Letta Steyn von Manie sprach, war das so, wie ein Kind über einen Traum spricht, halb sehnsüchtig, und jedesmal sagte sie mir dann im Ton eines sehnsüchtigen Kindes, wie es sein würde, wenn er eines Tages, eines Tages wiederkehrte. Und oftmals konnte ich sie in der Dämmerung sehen, wie sie auf der Veranda saß und über die Steppe hinaus in den Abend blickte, die staubige Straße hinunter, die zwischen den Akazien hindurchführte und über den Dwarsberg hinweg, und auf den Geliebten wartete, der nie mehr zu ihr zurückkehren würde.

Es dauerte lange, bis ich Manie Kruger wiedersah. Und das war in Pretoria. Ich war dort hingefahren, um mit dem Volksraad-Abgeordneten über ein Wahlversprechen zu reden. Es war der reine Zufall, daß ich Manie entdeckte. Und er spielte die Konzertina und spielte sie so gut wie eh und je, fand ich. Ich ging rasch vorüber. Aber was mir nachging, das war der grüne Vorhang der Bar, vor der Manie Kruger spielte, und auf den ich einen raschen Blick hatte erhaschen können.

Skandal in der Marico

ALS ICH VOR DER MAUER des neuen Staudamms dem jungen Gawie Erasmus begegnete (sagte Oom Schalk Lourens), da konnte ich deutlich sehen, daß er wieder mal eine Meinungsverschiedenheit mit seinem Arbeitgeber, Koos Deventer, gehabt hatte. Denn als Gawie an mir vorüberging, sah ich auf seinem Hosenboden den noch feuchten Abdruck eines schlammigen Stiefels. Der angetrocknete Schmutz einer anderen Stiefelspur weiter oben auf seiner Hose kündete von einer ähnlichen Meinungsverschiedenheit, die Gawie am Vortag mit seinem Arbeitgeber gehabt hatte. Ich dachte, daß Gawie ein recht selbstbewußter junger Mann sein mußte, um derart oft Meinungsverschiedenheiten mit seinem Arbeitgeber zu haben.

Trotzdem fand ich es meine Pflicht, über dieses Thema mit Koos Deventer zu sprechen, als ich mit ihm in seiner Stube saß und Kaffee trank.

»Ich sehe, daß Gawie Erasmus die Steine des neuen Damms, den du baust, offenbar immer noch ungleichmäßig mauert«, sagte ich zu Koos Deventer.

»Allerdings«, antwortete Koos, »hast du dir die Vorderseite der Mauer angesehen?«

»Nein«, sagte ich, »ich habe mir Gawies Hosen angesehen. Die Rückseite seiner Hosen.«

»Der Ärger mit Gawie Erasmus«, sagte Koos, »ist, daß er nicht wirklich ein Weißer ist. Natürlich sieht man das nicht an seinem Haar oder seinen Fingernägeln. Ganz so farbig ist er nicht. Aber man merkt es leicht in anderer Hinsicht. Ja, das ist es, was mit Gawie nicht in Ordnung ist. Seine Hottentottenvorfahren.«

In diesem Moment brachte uns Koos Deventers älteste Tochter, Francina, frischen Kaffee herein.

»Das ist nicht wahr, Vater, was du da über Gawie Erasmus gesagt hast«, sagte Francina. »Gawie ist weiß. Er ist genauso weiß wie ich.«

Francina war achtzehn. Sie war hochgewachsen und schlank. Sie hatte eine hübsche Figur. Und sie sah sehr schön aus da in der Stube mit dem blonden Haar, das ihr unter einem blauen Band hervor auf die Wangen fiel. Und noch etwas fiel mir an Francina auf, als sie sich mit dem Tablett graziös zu mir beugte, und das war der Duft, den sie während des letzten Nagmaals in Zeerust gekauft hatte. Das Parfum umhüllte sie auf seltsame Weise, wie die Nacht.

Koos Deventer gab Francina keine Antwort. Und erst als sie zurück in der Küche und die Tür geschlossen war, kehrte er zu dem Thema Gawie Erasmus zurück.

»Er ist derart farbig«, sagte Koos, »daß er sogar mit einer Decke überm Kopf schläft, wie ein Kaffer.«

Mit fiel auf, daß Koos Deventers Behauptungen recht eigentümlich waren. Denn laut Koos konnte man nicht feststellen, daß Gawie Erasmus farbig war, indem man einfach auf sein Haar und seine Fingernägel sah. Man mußte damit warten, bis Gawie unter einer Decke lag, so daß man überhaupt nichts mehr von ihm sah.

Aber ich erinnerte mich daran, wie Francina aus der Stube gegangen war: Sie trug den Kopf sehr hoch und hatte ihre roten

Lippen geschlossen. Und da hatte ich so eine Ahnung, daß Gawies Meinungsverschiedenheiten mit seinem Arbeitgeber nicht ausschließlich mit der unebenen Mauerung des neuen Damms zu tun hatten. Ich sah Gawie Erasmus bis zum Treffen des Drogevlei Debattierclubs nicht wieder.

Aber in der Zwischenzeit hatte die Geschichte, daß Gawie farbig sei, die Runde gemacht. Paulus Welman sagte, er habe mal einen Mann in Vryburg kennengelernt, der Gawies Großvater gekannt habe. Und dieser Mann habe gesagt, daß Gawies Großvater einen dicken Bauch hatte und einen Kupferring durch die Nase trug. Bei anderen Gelegenheiten sagte Paulus Welman, daß es Gawies Vater gewesen sei, den jener Mann in Vryburg gekannt habe, und daß Gawies Vater den Kupferring nicht durch die Nase trug, sondern in einem Ohr. Es war schwer zu entscheiden, welcher Version man Glauben schenken sollte. Also glaubten die meisten Farmer in der Marico beide.

Das Treffen des Drogevlei Debattierclubs fand im Schulzimmer statt. Es war sehr gut besucht. Denn die Debatte sollte sich um die Eingeborenenfrage drehen. Und das war immer ein beliebtes Thema in der Marico. Man konnte eine Menge darüber sagen, ohne angestrengt nachdenken zu müssen.

Ich stand unter den Akazien und unterhielt mich mit Paulus Welman und ein paar anderen, als Koos Deventer mit seiner Frau sowie Francina und Gawie ankam. Sie stiegen von dem Maultiergespann, und die beiden Frauen gingen voraus in die Schule. Koos und Gawie blieben zurück und banden die Zügel an einem Baum fest. Ein paar der Männer, die mit mir zusammenstanden, schüttelten bei diesem Anblick ernst den Kopf. Denn Gawie hatte, während er sich nach einem der Zügel bückte, eine weitere rasche Meinungsverschiedenheit mit seinem Arbeitgeber.

Francina, die mit ihrer Mutter auf das Schulhaus zuging, spürte, daß etwas nicht in Ordnung war. Aber als sie sich umdrehte, war es schon zu spät, noch etwas zu sehen.

Francina und ihre Mutter grüßten uns im Vorübergehen. Paulus Welman sagte, Francina sei ein hübsches Mädchen, aber ziemlich hochnäsig. Er sagte, sie sei auch ein wenig schwer von Begriff. Er sagte, als er ihr jenen Witz über den Kupferring im einen Ohr von Gawies Vater erzählt habe, hätte Francina ihn angesehen, als habe er gesagt, der Kupferring stecke in seinem eigenen Ohr. Sie habe gewirkt, als sei sie gar nicht richtig da, sagte Paulus Welman.

Aber ich interessierte mich nicht sonderlich für Paulus.

Ich stand da unter der Akazie, wo Francina vorübergekommen war, und atmete die Spuren jenes Parfums ein, das Francina in Zeerust gekauft hatte. Es war ein süßer und merkwürdiger Duft. Aber er hatte auch etwas Trauriges, wie verlorene Jugend.

Ich blieb im Schatten stehen. Gawie Erasmus kam vorbei. Ich sah ihn mir genau an, aber außer daß sein Haar schwarz war und seine Haut eher dunkel, schien es keinen Grund für Koos Deventers Behauptung zu geben, er sei farbig. Das Ganze wirkte mehr wie ein privater Spaß, den sich Koos Deventer und Paulus Welman machten. Gawie sah lediglich aus wie ein ganz normaler, wenn auch eher gutaussehender junger Mann von etwa zwanzig.

Mittlerweile war es dunkel. Oupa van Tonder, ein alter Farmer, der immer ganz wild auf Debatten war, zündete eine Öllampe an, die er mitgebracht hatte, und stellte sie auf den Tisch.

Der Lehrer übernahm wie üblich den Vorsitz. Er sagte, wie wir alle wüßten, sei das Thema, daß es dem Bantu gestattet werden solle, sich nach seinem eigenen Gutdünken zu entwickeln.

Er sagte, die Idee zu dieser Debatte sei ihm aufgrund eines Artikels im *Kerkbode* gekommen, den er gelesen habe.

Daraufhin stand Oupa van Tonder auf und sagte, so wie der Lehrer das Thema darstelle, sei es zu schwer zu begreifen. Er schlug daher mit Rücksicht auf die älteren Teilnehmer, die nicht lange in die Schule gegangen seien, vor, man solle ihnen gestatten, einfach darüber zu reden, daß die Kaffern in der Marico mit jedem Tag unverschämter würden. Die älteren Teilnehmer beklatschten Oupa van Tonder dafür, daß er es dem Lehrer gezeigt hatte.

Oupa van Tonder redete immer noch, da schlug der Lehrer mit einem Lineal auf den Tisch und sagte, sein Verhalten sei ruinös für die Debatte. Da wurde Oupa van Tonder richtig wütend. Er sagte, er lebe nun seit achtundachtzig Jahren in Transvaal, und das sei das erste Mal in seinem Leben, daß ihn jemand so beleidigt habe. »Die Leute werden denken, ich bin die Dampfmaschine, die in Nietverdiend den Mais drischt, daß man mich so einfach als ruiniert bezeichnen kann«, sagte Oupa van Tonder.

Ein paar der Männer fingen an, Oupa van Tonder an der Jakke zu ziehen, damit er sich wieder hinsetzte, aber andere riefen, er habe ganz recht, und sie sollten lieber an der Jacke des Lehrers ziehen.

Der Lehrer erklärte, wenn die eine Hälfte der Leute über das Thema aus dem *Kerkbode* reden würde und die andere über das Thema von Oupa van Tonder, dann hieße das, es gäbe zwei verschiedene Debatten gleichzeitig. Oupa van Tonder sagte, das wäre ganz in Ordnung. Ihm käme das sehr zupaß, sagte er. Und dann erzählte er eine lange Geschichte über einen Kaffer, der ihm sein Ochsengeschirr gestohlen habe. Außerdem sagte er, wenn der Lehrer weiter so auf den Tisch hauen würde, während er redete, dann würde er nach Hause gehen und seine Öllampe mitnehmen.

Zum Schluß sagte der Lehrer, wir könnten über alles reden, wozu wir Lust hätten. Er bitte uns lediglich darum, nicht die derbe Sprache zu benutzen, die die drei letzten Debatten verdorben hatte. »Versucht euch daran zu erinnern, daß Damen anwesend sind«, sagte er mit schwacher Stimme.

Die älteren Teilnehmer, die nicht lange zur Schule gegangen waren, redeten alle sehr lang.

Danach regte der Lehrer an, daß ja vielleicht auch einige der jüngeren Mitglieder ein wenig debattieren wollten, und er rief Gawie Erasmus auf, ein paar Worte im Namen der Kaffern zu sprechen. Der Lehrer hatte einen neckischen Ton.

Koos Deventer verschluckte sich vor Lachen hinter seiner Hand. Ein paar Frauen kicherten. Aufgrund seiner Unbeliebtheit bekam der Lehrer wenig davon mit, was in der Marico vorging. Die einzigen Neuigkeiten, die er erfuhr, waren die, die er aus den Aufsätzen der Kinder in den höheren Klassen herauslas. Und wir stellten fest, daß die Kinder in ihren Aufsätzen offenbar noch nicht erwähnt hatten, daß Gawie angeblich farbig war.

Ihr wißt ja, wie es mit Skandalgeschichten läuft. Der letzte, der davon erfährt, ist immer der, um den der Skandal sich dreht.

Die Versammlung im Klassenzimmer verstand die Situation rasch. Und die ganze Zeit über, die Gawie redete, wurde viel gelacht. Ich kann mich noch immer an diesen halb perplexen Ausdruck auf seinem dunklen Gesicht erinnern, als habe er zwar vorgehabt, eine witzige Rede zu halten, aber doch nicht mit soviel Zustimmung gerechnet. Und dann fiel mir noch auf, daß Francinas Gesicht sehr rot war und daß ihr Blick starr auf den Boden gerichtet war.

Schließlich war das Gelächter so groß, daß Gawie sich setzen mußte. Er sah noch immer leicht verwirrt aus.

Danach stand Paulus Welman auf und erzählte komische Geschichten über sogenannte Weiße, deren Großväter dicke Bäuche hatten und Kupferringe in den Ohren trugen. Ich weiß nicht, in welchem Stadium der Debatte es Gawie Erasmus aufging, gegen wen all diese witzigen Bemerkungen gerichtet waren. Oder in welchem Moment genau er sich aus dem Klassenzimmer schlich, um Drogevlei und die Groot Marico für immer zu verlassen.

Und einige Monate später, als ich Koos Deventer wieder einmal besuchte, erwähnte er mir gegenüber Gawie Erasmus mit keinem Wort. Er schien der Skandale in der Marico müde geworden zu sein. Aber als Francina den Kaffee hereinbrachte, wirkte es so, als glaubte sie, daß Koos wieder über Gawie gesprochen hätte. Denn sie sah ihn mißbilligend an und sagte: »Gawie ist weiß, Vater. Er ist genauso weiß wie ich.«

Zunächst war mir nicht klar, worin die Veränderung bestand, die mit Francina geschehen war. Sie sah genauso gut aus wie immer, nur auf eine andere Weise. Ich dachte, vielleicht lag es daran, daß sie nicht mehr das außergewöhnliche Parfum trug, das sie in Zeerust gekauft hatte.

Aber in diesem Augenblick brachte sie mir den Kaffee.

Und da sah ich, als sie hinter dem Tisch hervor mit dem Tablett auf mich zukam, was der Grund dafür war, daß Francina Deventer sich so schwerfällig bewegte.

Mafeking Road

WENN DIE LEUTE MICH FRAGEN – und das tun sie oft –, wie es kommt, daß ich von allen in Transvaal die besten Geschichten erzählen kann (sagte Oom Schalk Lourens bescheiden), dann erkläre ich ihnen, daß ich ganz einfach durch Beobachtung lerne, was die Welt mit Männern und Frauen anstellt. Wenn ich das sage, dann nicken sie verständig und sagen, das leuchte ihnen ein, und ich nicke dann auch verständig, und damit scheinen sie zufrieden zu sein. Aber natürlich ist das, was ich ihnen da sage, eine Lüge.

Denn es ist ja nicht die Geschichte, die zählt. Wichtig ist die Art und Weise, wie man sie erzählt. Das Entscheidende ist, ganz genau zu wissen, in welchem Moment man seine Pfeife an seinem Veldskoen ausklopfen muß und an welchem Punkt der Geschichte man anfangen muß, über das Schulkomitee von Drogevlei zu reden. Ein weiterer wichtiger Aspekt ist zu wissen, welchen Teil der Geschichte man ausläßt.

Und diese Dinge kann man nicht lernen.

Seht euch zum Beispiel Floris an, den letzten der van Barnevelts. Kein Zweifel, daß er eine gute Geschichte hatte und auch hätte in der Lage sein müssen, die Leute zum Zuhören zu bringen. Und dennoch nahm niemand Notiz von ihm oder von den Dingen, die er zu sagen hatte. Und das alles nur, weil er die Geschichte nicht richtig erzählen konnte.

Deswegen machte es mich auch immer traurig, ihm beim Reden zuzuhören. Denn ich konnte ganz genau sagen, wo er Fehler beging. Der Moment, in dem man seine Pfeife ausklopfen muß, war ihm nie klar. Und er tat seine Meinung zum Schulkomitee von Drogevlei immer an der falschen Stelle kund. Und schlimmer noch, er wußte nicht, welchen Teil der Geschichte man ausläßt.

Und meine Versuche, ihm das beizubringen, waren sinnlos, denn wie ich schon sagte, sind das Dinge, die man nicht lernen kann. Und so konnte ich jedesmal, wenn er seine Geschichte erzählt hatte, zusehen, wie er sich mit einem unheilschweren Ausdruck auf dem Gesicht von mir wegdrehte und mit hängenden Schultern langsam die Straße hinunterging, der letzte der van Barnevelts.

An der Wand in Floris' Stube hängt ein großer Familienstammbaum der van Barnevelts. Ihr könnt ihn euch dort selbst ansehen. Er reicht über zweihundert Jahre weit zurück, bis zu den van Barnevelts in Amsterdam. Früher mal reichte er sogar noch weiter zurück, aber das war, bevor die Termiten am oberen Ende begannen und ein Gutteil der van Barnevelts wegfraßen. Aber wie auch immer, wenn ihr euch diese Liste anseht, werdet ihr am unteren Ende, unter Floris' eigenem Namen, einen letzten Eintrag bemerken: »Stephanus«. Und hinter dem Namen »Stephanus« könnt ihr dann in Klammern die Worte lesen: »Obiit Mafeking.«

Beim Ausbruch des Zweiten Burenkriegs war Floris van Barnevelt Witwer und hatte einen Sohn, Stephanus, der siebzehn Jahre alt war. Das Kommando aus unserem Teil Transvaals zog extrem freudig in den Krieg. Wir waren eine Augenweide mit unseren Pferden und weißen Hüten und Patronengurten und mit der Sonne, die auf die Läufe unserer Mausergewehre schien.

Der junge Stephanus van Barnevelt war der vergnügteste von uns allen. Aber er sagte, es gebe eine Sache am Krieg, die ihm nicht behage, und das sei, daß wir zum Schluß gezwungen sein würden, übers Meer zu fahren. Er sagte, daß unser Kommando, nachdem es das ganze Kap erobert haben würde, in See stechen müsse, um auch noch England zu erobern.

Aber wir begaben uns nicht aufs Meer hinaus, nicht zu diesem Zeitpunkt. Statt dessen erklärte uns unser Feldkornett, daß an die Bürger aus unserer Gegend der Befehl ergangen sei, sich dem großen Kommando anzuschließen, das bei Mafeking lag. Dorthin sollten wir ziehen und einen Mann namens Baden-Powell erschießen.

Wir ritten ohne Unterbrechung in Richtung Westen. Nach einer Weile fiel uns auf, daß unser Feldkornett regelmäßig von seinem Pferd stieg und das Gespräch mit vorüberziehenden Kaffern suchte, wofür er sie ein Stück vom Straßenrand wegführte und dann ernsthaft auf sie einredete. Natürlich war es gut, daß unser Feldkornett den Kaffern erklärte, es sei nun Krieg, und die Republik erwarte von jedem Kaffer, daß er aufhöre, so viel Dagga zu rauchen, und statt dessen ernsthaft über die Lage nachdenke. Aber wir bemerkten, daß jedesmal am Ende des Gesprächs der Kaffer in irgendeine Richtung deutete und unser Feldkornett danach penibel versuchte, dieser Richtung zu folgen, in die der Finger des Kaffern gewiesen hatte.

Natürlich wurde uns da klar, worum es alles ging. Unser Feldkornett war ein junger Kerl, und er versuchte vor uns zu verbergen, daß er den Weg nach Mafeking nicht kannte.

Aus dem einen oder anderen Grund hatten wir danach nicht mehr so großes Vertrauen zu unserem Feldkornett.

Nach ein paar Tagen erreichten wir Mafeking. Wir blieben eine ganze Weile dort, bis die englischen Truppen kamen und die Stadt entsetzten. Da gingen wir wieder. Wir gingen ziemlich schnell. Die englischen Truppen hatten einen Haufen Artillerie mitgebracht. Und wenn wir Schwierigkeiten gehabt hatten, die Straße nach Mafeking zu finden, so hatten wir keine, die Straße aus Mafeking hinaus zu finden. Und diesmal brauchte unser Feldkornett auch keine Kaffern, die mit dem Finger die Richtung anzeigten, in die wir gehen sollten. Obwohl wir sogar nachts recht viel unterwegs waren.

Sehr viel später unterhielt ich mich mit einem Engländer darüber. Er meinte, es sei ein komisches Gefühl für ihn, die Geschichte von Mafeking von der anderen Seite her zu hören. Er sagte, es habe ungeheure Feiern in England gegeben, als Mafeking entsetzt wurde, und es sei merkwürdig, sich den anderen Aspekt der Geschichte vorzustellen – ein geschlagenes Land und aufgelöste Truppen, die durch die Nacht stolperten.

Ich erinnere mich an einen Haufen Sachen, die auf dem Rückweg von Mafeking passierten. Es schien kein Mond. Und die Sterne beleuchteten hin und wieder die Straße, die voller Gewehre und scheuender Pferde und verzweifelter Männer war. Die Steppe vibrierte vom Hufschlag ratloser Trupps. Die Sterne blickten hinab auf Szenen, die die triste Geschichte vom Ruin einer Nation erzählten, sie blickten auf die Läufe der Mausergewehre, die Transvaal zum ersten Mal im Stich gelassen hatten.

Natürlich wußte ich als Bürger der Republik, was meine Pflicht war. Und die bestand darin, mich so weit wie möglich von dem Ort zu entfernen, wo ich bei Sonnenuntergang die letzte englische Artillerie gesehen hatte. Auch die anderen Bürger kannten ihre Pflicht. Unsere Kommandanten und Feldkornette brauchten da nicht viele Befehle zu geben. Und obwohl ich also sehr schnell ritt, gab es da einen jungen Mann, der noch schneller ritt. Er blieb die ganze Zeit vor mir. Er ritt so, wie ein Bürger reiten soll, wenn die Gefahr besteht, daß verirrte Kugeln durch die Luft fliegen, nämlich mit eingezogenem Kopf und die Arme fast um den Hals des Pferdes geschlossen.

Das war Stephanus, der junge Sohn von Floris van Barnevelt.

Es gab eine Menge Gemurre und Unzufriedenheit einige Zeit danach, als unsere Führer versuchten, wieder Ordnung in die Kommandos zu bekommen. Schließlich gelang es ihnen, uns zum Halten zu bringen. Aber die meisten von uns hatten das Gefühl, das sei eine ziemlich verrückte Entscheidung. Um so mehr, als überall immer noch willkürlich durch die Gegend gefeuert wurde und wir nicht mit Sicherheit wußten, wie weit die Engländer uns in der Dunkelheit gefolgt waren. Kam noch hinzu, daß die Kommandos in so viele verschiedene Richtungen versprengt waren, daß es ein hoffnungsloses Unterfangen schien, sie bis zum Kriegsende wieder zusammenzubekommen. Stephanus und ich stiegen ab und standen neben unseren Pferden. Bald schon befand sich eine große Gruppe Männer um uns herum. Ihre Gestalten sahen im Sternenlicht fremd und schemenhaft aus. Einige standen neben ihren Pferden. Andere saßen am Straßenrand im Gras. »Vas staan, Bürger, vas staan, bleibt standhaft«, kamen die Befehle unserer Offiziere. Und währenddessen konnten wir immer noch die Explosionen hören. Es schien ziemlich unklug, hier noch lange zu warten.

»Das nächste, was sie von uns verlangen werden«, sagte Stephanus van Barnevelt, »ist, daß wir wieder zurück nach Mafeking reiten. Vielleicht hat unser Kommandant ja seinen Tabaksbeutel dort vergessen.«

Ein paar von uns mußten lachen bei dieser Bemerkung, aber

Floris, der nicht abgestiegen war, sagte, Stephanus solle sich schämen, so zu reden. Soviel wir in der Düsternis von Floris sehen konnten, wirkte er höchst beeindruckend, saß sehr gerade im Sattel, und die Sterne schienen auf seinen Bart und sein Gewehr.

»Wenn der Feldkornett mir befehlen würde, zurück nach Mafeking zu reiten«, sagte Floris, »dann ritte ich zurück.«

»Das ist die Art und Weise, wie ein Bürger sprechen sollte«, sagte der Feldkornett, der sich geschmeichelt fühlte. Denn er hatte nur noch wenig Autorität gehabt, seit wir herausgefunden hatten, warum er mit den Kaffern redete.

»Ich würde für gar niemanden zurück nach Mafeking reiten«, sagte Stephanus, »es sei denn vielleicht, um mich den Engländern zu ergeben.«

»Dafür könnten wir dich erschießen«, sagte der Feldkornett. »Das wäre gegen das Kriegsrecht.«

»Ich wollte, ich hätte eine Ahnung vom Kriegsrecht«, antwortete Stephanus. »Dann würde ich nämlich einen Friedensvertrag zwischen Stephanus van Barnevelt und England aufsetzen.«

Ein paar der Männer lachten wieder. Aber Floris schüttelte traurig den Kopf. Er sagte, die van Barnevelts hätten tapfer gegen Spanien gekämpft, in einem Krieg, der achtzig Jahre lang dauerte.

Plötzlich drang aus der Dunkelheit das scharfe Geknatter von Gewehrfeuer, und unsere Männer wurden wieder unruhig. Aber der Klang der Schüsse brachte Stephanus zu einem Entschluß. Er sprang rasch auf sein Pferd.

»Ich reite zurück«, sagte er. »Ich werde mich mit erhobenen Händen den Engländern ergeben.«

»Nein, tu das nicht«, sagte der Feldkornett lahm. »Oder warte wenigstens bis morgen. Womöglich erschießen sie dich in der

Dunkelheit aus Versehen.« Wie schon gesagt, der Feldkornett besaß sehr wenig Autorität.

Es dauerte zwei Tage, bis wir Floris van Barnevelt wiedersahen. Er befand sich in einem sehr erschöpften und verwirrten Zustand, und er sagte, er habe die allergrößten Schwierigkeiten gehabt, wieder zu uns zurückzufinden.

»Du hättest die Kaffern fragen sollen«, sagte einer von uns mit einem Lachen. »Die Kaffern kennen doch alle unseren Feldkornett.«

Aber Floris redete nicht darüber, was in jener Nacht geschehen war, als wir ihn im Sternenlicht fortreiten sahen, seinem Sohn hinterher, und ihm nachschreien hörten, er solle ein Mann sein und für sein Land kämpfen. Floris erwähnte auch Stephanus nicht mehr, seinen Sohn, der nicht würdig war, ein van Barnevelt zu sein.

Danach wurden wir getrennt. Unser Feldkornett war der erste, der gefangengenommen wurde. Und ich dachte oft, daß er sich auf Sankt Helena sehr einsam fühlen mußte. Denn dort gab es keine Kaffern, die er nach dem Weg aus dem stacheldrahtumzäunten Lager hätte fragen können.

Schließlich kamen unsere Führer in Vereeniging zusammen, und Frieden wurde geschlossen. Und wir kehrten auf unsere Farmen zurück, erleichtert, daß der Krieg zu Ende war, aber schweren Herzens bei dem Gedanken, daß alles umsonst gewesen war und daß die Vierkleur nicht mehr über Transvaal wehen würde.

Und Floris van Barnevelt hängte das Exemplar seines Familienstammbaumes, daß er den ganzen Krieg über in seinem Rucksack bei sich getragen hatte, wieder zurück an seinen Platz an der Wand in der Stube. Dann kam ein neuer Lehrer in diese Ecke der Marico, und nach einer langen Unterhaltung mit Floris schrieb dieser Schullehrer hinter den Namen von Stephanus und zwischen zwei runde Linien die beiden Worte, die man noch immer dort lesen kann: »Obiit Mafeking.«

Logischerweise kann denn auch jedermann hier, den man fragt, was »obiit« heißt, auf der Stelle antworten, daß es ein ausländisches Wort ist und daß das bedeutet, auf die Engländer zuzureiten und seine Mauser in die Luft zu halten, an der vorne an der Mündung eine weiße Flagge angebunden ist.

Aber erst sehr viel später begann Floris van Barnevelt seine Geschichte zu erzählen.

Und dann nahm keiner Notiz von ihm. Und außerdem verhinderten sie, daß er für das Schulkomitee von Drogevlei nominiert wurde, mit der Begründung, ein Mann, der in solch unverantwortlicher Weise daherrede, könne nicht ganz richtig im Kopf sein.

Ich aber wußte, daß Floris eine gute Geschichte hatte und sein einziger Fehler darin bestand, sie schlecht zu erzählen. Er erwähnte das Schulkomitee von Drogevlei zu früh. Und er klopfte seine Pfeife an der falschen Stelle aus. Und er bestand jedesmal darauf, den Teil der Geschichte zu erzählen, den er besser ausgelassen hätte.

Der Liebestrank

IHR HABT GERADE ÜBER IRESINEN GESPROCHEN (sagte Oom Schalk Lourens). Ja, natürlich, jedermann in der Marico weiß über Iresinen Bescheid. Sie wachsen weit oben auf den Kliffen, und es heißt, man müsse eine von den kleinen roten Beeren um Mitternacht pflücken, bei Vollmond. Dann muß man, wenn man ein junger Mann ist und wünscht, daß ein Mädchen sich in einen verliebe, nur noch den Saft der Iresinenbeere in ihren Kaffee ausdrücken.

Es heißt, daß das Mädchen, nachdem es den Iresinensaft getrunken hat, alle möglichen Dinge vergißt. Es vergißt zum Beispiel, daß du eine ziemlich niedrige Stirn hast, daß deine Ohren abstehen und dein Mund zu groß ist. Ja, es vergißt sogar, daß es dir erst vorletzte Woche gesagt hat, es würde dich nicht heiraten, selbst wenn du der letzte Mann in ganz Transvaal wärst.

Es weiß nur noch, daß der Mann, den es da über seine leere Kaffeetasse hinweg anstarrt, bemerkenswert gutaussehend ist. Man kann daraus also leicht schließen, daß die Pflanze in ihrer Wirkung sehr stark sein muß. Ich meine vor allem, wenn man bedenkt, wie manche Männer in der Marico aussehen.

Aber ein junger Mann, den ich kannte, hielt nicht viel von Iresinensaft. Ja, er sagte sogar, bevor er eines Abends aufs Kliff geklettert war, um eine dieser roten Beeren zu pflücken, habe er mehr Erfolg bei den Mädchen gehabt als hinterher. Dieser junge

Mann sagte auch, daß sein nachlassender Erfolg bei den Mädchen der Gegend allerdings auch eventuell daran liegen könne, daß er, kurz nachdem er die Iresinenbeere gepflückt hatte, den größten Teil seiner Vorderzähne verlor.

Und das geschah, als der Vater des Mädchens, der ein leicht reizbarer Mensch war, den jungen Mann dabei überraschte, wie er den Iresinensaft in die Tasse seiner Tochter preßte.

Und danach hörte dieser junge Mann, wenn andere über die magischen Eigenschaften jenes Liebestranks redeten, schweigsam zu, und seine Oberlippe zuckte spöttisch über den nicht mehr vorhandenen Vorderzähnen.

»Genau, Kerls«, lispelte er dann, wenn sie fertig waren, »ich nehme an, ich muß diese Iresinenbeere zur falschen Uhrzeit gepflückt haben. Vielleicht war der Mond ja noch nicht voll genug oder so. Oder womöglich war es nicht genau Mitternacht. Ich bin nur glücklich, daß ich nicht gleich zwei dieser roten Beeren gepflückt habe, wo ich schon einmal dabei war.«

Wir hatten alle das Gefühl, es sei eine traurige Sache, daß die Iresine dem jungen Mann all das angetan hatte.

Bei Gideon van der Merwe allerdings verhielten sich die Dinge ganz anders.

Eines Nachts war ich draußen in der Steppe jagen mit einer Lampe, die ich auf meinem Hut befestigt hatte. Ihr wißt ja, was das für eine Art Jagen ist: im Strahl der Lampe kann man nur die Augen von dem Ding sehen, auf das man zielt, und wird man erwischt, bekommt man drei Monate. Sie haben es verboten, mit Lampen zu jagen, nachdem einem Polizisten bei so einer Gelegenheit in den Fuß geschossen wurde, als er gerade dabei war, Viehschmuggler an der Grenze zu Betschuanaland zu verfolgen.

Das Gericht in Zeerust, das keine Ahnung vom Verhalten

von Viehschmugglern hatte, entschied, daß der Schuß ein Unfall gewesen sei. Dieses Urteil stellte jedermann mit Ausnahme des Polizisten zufrieden, dessen Fuß immer noch bandagiert war, als er das Gerichtsgebäude betrat. Aber die Männer im Volksraad, von denen einige selbst Viehschmuggler gewesen waren, wußten besser als das Gericht, wie der Polizist dazu gekommen war, eine Ladung Schrot in die Fußsohle zu bekommen, und schufen daher dieses neue Gesetz.

Deshalb bewegte ich mich in jener Nacht auf den Kliffen auch sehr leise vorwärts.

Häufig löschte ich das Licht und hielt mich ganz ruhig zwischen den Bäumen und wartete eine ganze Weile, um sicherzugehen, daß niemand mir folgte. Normalerweise wäre da wenig zu befürchten gewesen, aber zwei Tage zuvor waren zwei Polizisten gesehen worden, die sich in die Steppe aufgemacht hatten. Ihrem Aussehen nach zu urteilen, waren es junge Polizisten gewesen, die nach Beförderung gierten und noch nicht wußten, daß es einem Polizisten besser bekommt, den Pfirsichschnaps eines ehrlichen Farmers zu trinken, als ihn wegen Jagens bei Lampenlicht zu verhaften.

Ich schritt so dahin, drehte das Licht nach beiden Seiten, als ich plötzlich, hundert Schritte von mir, im vollen Lichtstrahl ein paar Augen entdeckte. Als ich dann oberhalb der Augen auch noch den Khakihelm eines Polizisten ausmachte, fiel mir siedendheiß ein, daß solch eine mondhelle Nacht nicht dafür geeignet war, Wild aufzustöbern.

Also ging ich nach Hause.

Ich nahm dazu den kürzesten Weg, das war seitlich die Kliffe hinab auf der steilen Seite, und auf dem Weg nach unten klammerte ich mich an allen möglichen Ästen, Wurzeln, Felsvorsprüngen und Grasbüscheln fest. Später, am Fuß des Kliffs, als ich wieder zu mir kam und fähig war, mich aufzusetzen, stand da der Polizist und beugte sich über mich.

»Oom Schalk«, sagte er, »ich wollte nur fragen, ob du mir wohl deine Lampe borgen könntest.«

Ich sah auf. Es war Gideon van der Merwe, der junge Polizist, der seit einiger Zeit in Derdepoort stationiert war. Ich hatte ihn mehrmals getroffen und ihn sehr liebenswürdig gefunden.

»Du kannst meine Lampe haben«, antwortete ich, »aber du solltest achtgeben. Für einen Polizisten ist es schlimmer, wenn er beim Gesetzesbruch erwischt wird, als für einen normalen Mann.«

Gideon van der Merwe schüttelte den Kopf.

»Nein, ich will gar nichts schießen mit dieser Lampe«, sagte er. »Ich will nur –«

Und dann unterbrach er sich.

Und lachte nervös auf.

»Es hört sich zwar blöd an, Oom Schalk«, sagte er, »aber vielleicht kannst du's ja verstehen. Ich wollte hier nach einer Iresine suchen. Ich brauche eine als Lernstoff. Für die Prüfung zum Sergeant dritter Klasse. Und jetzt ist es gleich Mitternacht, und ich kann nirgendwo eine dieser Pflanzen finden.«

Gideon tat mir leid. Und es wurde mir bewußt, daß er nie ein guter Polizist sein würde. Wenn er nicht fähig war, eine Iresine zu finden, von denen es auf dem Kliff Tausende gab, wieviel schwerer würde es dann für ihn sein, die Spur eines Viehschmugglers zu entdecken.

Also gab ich ihm meine Lampe und erklärte ihm, wohin er gehen und wo er suchen müsse. Gideon dankte mir und machte sich davon.

Ungefähr eine halbe Stunde später war er wieder zurück.

Er zog eine rote Beere aus der Jackentasche und zeigte sie

mir. Aus Angst, er könne mir weitere Lügenmärchen auftischen von der Art, er brauche diese Iresinenbeere für seine Ausbildung, sprach ich als erster.

»Lettie Cordier?« fragte ich.

Gideon nickte. Aber er war sehr schüchtern und wollte zunächst nicht viel sagen. Ich hatte aber schon lange erraten, daß Gideon van der Merwe das Haus von Krisjan Cordier nicht deswegen so häufig aufsuchte, um zuzuhören, wie Krisjan seine Lebensgeschichte erzählte.

Trotzdem sprach ich ihn auf diese Lebensgeschichte an.

»Ja«, erwiderte Gideon, »Letties Vater ist jetzt bei der Zeit angekommen, als er sieben war. Das hat einen Monat gedauert.«

»Er muß glücklich sein, daß du ihm zuhörst«, sagte ich, »der einzige andere Mann, der ihm eine Weile zuhörte, war der Versicherungsvertreter. Und der hat nach vierzehn Tagen aufgegeben. Da war Krisjan kaum über seinen fünften Geburtstag hinausgekommen.«

»Aber Lettie ist wundervoll, Oom Schalk«, fuhr Gideon fort. »Ich habe nie mehr als ein Dutzend Worte mit ihr geredet. Und natürlich ist es lächerlich zu glauben, sie würde einen Polizisten auch nur ansehen. Aber da in der Stube zu sitzen mit ihrem Vater, der von all den Dingen erzählt, die er erlebt hat, bevor er sechs Jahre alt war – und dann kommt ab und zu Lettie herein und bringt frischen Kaffee –, das ist Liebe, Oom Schalk.«

Ich stimmte ihm zu, daß das Liebe sein müsse.

»Ich habe mir ausgerechnet«, erklärte Gideon, »daß Letties Vater, wenn er in diesem Tempo weitermacht, in zwei Jahren mit seiner Lebensgeschichte zu Ende sein wird, und danach habe ich keine Ausrede mehr, dorthin zu gehen. Das macht mir Sorgen.«

Ich sagte, das sei zweifellos beunruhigend.

»Ich habe oft versucht, Lettie zu sagen, wieviel sie mir bedeutet«, sagte Gideon, »aber jedesmal, wenn ich damit anfange, fühle ich mich wie ein Narr. Meine Uniform fängt an, schäbig zu wirken. Meine Stiefelspitzen scheinen sich nach oben zu wölben. Und dann fängt meine Stimme an zu zittern, und alles, was ich zu sagen fertigbringe, ist, daß ich bald wieder vorbeikomme, weil ich den Rest der Lebensgeschichte ihres Vaters einfach hören muß.«

»Was hast du denn dann mit dem Iresinensaft vor?« fragte ich.

»Der Iresinensaft«, sagte Gideon van der Merwe sehnsüchtig, »bewirkt ja vielleicht, daß sie zuerst redet.«

Kurz darauf trennten wir uns. Ich nahm meine Lampe und mein Gewehr, und als ich Gideons Gestalt zwischen den Bäumen verschwinden sah, dachte ich, was für ein netter Kerl er war. Und so einfältig. Aber im Grunde war er als Polizist doch an der richtigen Stelle, überlegte ich. Denn wäre er ein Viehschmuggler gewesen, dann wäre er bestimmt jedesmal verhaftet worden, wenn er versuchte, über die Grenze zu kommen.

Am nächsten Morgen ritt ich hinüber zu Krisjan Cordiers Farm, um ihn an die Kanne Desinfektionsmittel für Schafe zu erinnern, die er mir noch von der letzten Parasitenbekämpfung schuldete.

Da ich nur ungefähr eine Stunde blieb, gelang es mir nicht, ein einziges Wort über das Desinfektionsmittel zu sagen, dafür erzählte mir Krisjan eine ganze Menge von dem, was er als Neunjähriger getan hatte. Als Lettie mit dem Kaffee hereinkam, machte ich ihrem Vater gegenüber eine beiläufige Bemerkung über Gideon van der Merwe.

»Oh ja, das ist ein interessanter junger Mann«, sagte Krisjan Cordier, »und sehr intelligent. Es macht mir großes Vergnügen, ihm die Geschichte meines Lebens zu erzählen. Er sagt, die Ereignisse, von denen ich ihm berichte, seien nicht nur spannend, sondern auch sehr lehrreich. Das kann ich gut nachvollziehen. Es sollte mich nicht wundern, wenn aus dem irgendwann bald ein Sergeant wird. Und deswegen halte ich mich auch bei den lehrreichen Teilen meiner Geschichte immer ein wenig länger auf.«

Ich hörte allerdings nicht sonderlich genau auf Krisjans Bemerkungen. Statt dessen sah ich mir, als ich Gideons Namen erwähnte, Lettie genau an. Sie gab nicht viel preis, aber ich bekomme solche Sachen rasch mit und sah genug. Die Farbe, die ihr in die Wangen stieg. Das Licht, das plötzlich in ihren Augen leuchtete.

Auf dem Weg nach draußen traf ich auf Lettie. Sie stand unter einer Akazie. Mit ihren braunen Armen und ihrem niedlichen, ruhigen Gesicht und ihrer vollen Büste gab sie ein wunderschönes Bild ab. Es konnte kein Zweifel bestehen, daß Lettie Cordier für einen jeden Mann eine großartige Frau abgeben würde. Es war nicht sehr schwierig, Gideons Gefühle ihr gegenüber nachzuvollziehen.

»Lettie«, fragte ich, »liebst du ihn?«

»Ich liebe ihn, Oom Schalk«, antwortete sie.

So einfach war das.

Lettie hatte erraten, daß ich von Gideon van der Merwe sprach, ohne daß ich seinen Namen erwähnte. Deshalb war es auch ganz leicht für mich, Lettie darüber ins Vertrauen zu ziehen, was sich am Vorabend auf dem Kliff im Mondschein abgespielt hatte. Das heißt, ich erwähnte nur die Teile, die sie interessieren würden, das heißt, wie ich Gideon erklärt hatte, wo die Iresinen wuchsen. Ein anderer wäre ihr mit einer langen und unnötigen Beschreibung davon auf die Nerven gegangen, wie er vom Kliff hinunterrutschte und sich dabei an Ästen und Baumwurzeln festklammerte. Aber so bin ich nicht. Ich sagte ihr, es sei Gideon gewesen, der das Kliff runterrutschte.

Schließlich und endlich handelte es sich um die Liebesgeschichte zwischen Lettie und Gideon, und da wollte ich mich nicht zu sehr einmischen.

»Und jetzt weißt du, was du zu tun hast, Lettie«, sagte ich. »Stell deinen Kaffee so auf den Tisch, daß Gideon leicht rankommt. Und dann laß ihm genügend Zeit, damit er den Iresinensaft in deine Tasse ausdrücken kann.«

»Vielleicht wäre es sogar noch besser«, sagte Lettie, »wenn ich das Ganze durch einen Türspalt beobachte.«

Ich tätschelte ihr zustimmend den Kopf.

»Und danach kommst du in die Stube und trinkst deinen Kaffee«, sagte ich.

»Ja, Oom Schalk«, antwortete sie schlicht.

»Und sobald du deinen Kaffee getrunken hast«, schloß ich, »weißt du ja, was du als nächstes zu tun hast. Aber geh nicht zu weit.«

Es war hübsch anzusehen, wie ihr das Blut ins Gesicht stieg. Als ich davonritt, sagte ich mir, daß Gideon van der Merwe ein rechter Glückspilz war.

Viel mehr gibt es nicht zu erzählen über Lettie und Gideon.

Als ich Gideon eine Zeitlang später traf, befand er sich, genau wie ich erwartet hatte, in Hochstimmung.

»Und, hat die Iresine gewirkt?« fragte ich.

»Es war wunderbar, Oom Schalk«, antwortete Gideon, »und das Wunderlichste daran war, daß Letties Vater auch nicht da war, als ich den Iresinensaft in ihren Kaffee tat. Kurz vorher hatte Lettie ihm eine Nachricht überbracht, daß er auf dem Maisfeld gebraucht werde.«

»Und, hat der Iresinensaft genauso gewirkt, wie man immer behauptet?« fragte ich.

»Du wärst überrascht, wie schnell er gewirkt hat«, sagte er. »Lettie hat einmal an dem Kaffee genippt und ist mir danach direkt auf den Schoß gehüpft.«

Aber dann zwinkerte Gideon van der Merwe auf eine Art und Weise, die mich zur Überzeugung brachte, daß er vielleicht doch nicht so einfältig war, wie ich gedacht hatte.

»Ich war mir ziemlich sicher, daß der Iresinensaft wirken würde, Oom Schalk«, sagte er, »nachdem Letties Vater mir gesagt hat, daß du am selben Morgen dort gewesen bist.«

Makapans Höhlen

KAFFERN? (SAGTE OOM SCHALK LOURENS). Ja, die kenne ich. Und sie sind alle gleich. Ich fürchte den Allmächtigen, und ich achte seine Werke, aber ich werde nie verstehen, warum Er den Kaffer und die Rinderpest schuf. Der Hottentotte ist ein bißchen besser. Der Hottentotte wird lediglich das Biltong stehlen, das draußen zum Trocknen auf der Leine hängt. Er wird nicht auch noch die Leine stehlen. Da unterscheidet er sich vom Kaffer.

Trotz alledem läuft man ab und zu einem guten Kaffer über den Weg, der treu und ehrlich ist und ein wahrer Christ und der nicht zuläßt, daß die Wildhunde die Schafe reißen. Ich bin der Überzeugung, daß es nicht gut ist, diese Art von Kaffer umzubringen.

Ich erinnere mich an einen Kaffer, den wir hatten und der Nongaas hieß. Wie wir an ihn gekommen sind, geschah folgendermaßen. Es war im Jahr der Großen Dürre, es gab kein Gras, und das Wasserloch war trocken. Unser Vieh starb wie die Fliegen. Es war schlimm. Jeden Tag starben zehn oder zwölf oder zwanzig Tiere. Da sagte mein Vater, wir sollten alles zusammenpacken und hinauf in die Dwarsberge ziehen, wo, wie er gehört hatte, die Regenzeit ergiebig gewesen war. Ich war damals sechs Jahre alt, das jüngste Familienmitglied. Die meiste Zeit saß ich hinten im Wagen bei meiner Mutter und meinen zwei Schwestern. Mein Bruder Hendrik war siebzehn, und er half meinem

Vater und den Kaffern beim Viehtreiben. So treckten wir übers Land. Unterwegs starb uns noch viel weiteres Vieh, aber nach ungefähr zwei Monaten kamen wir ins Niederveld, und mein Vater sagte, Gott sei gut zu uns gewesen. Denn entlang der Dwarsberge war das Gras grün.

Eines Morgens kamen wir an einigen Kaffernhütten vorüber, wo mein Vater zwei Sack Mais gegen eine Rolle Tabak eintauschte. Ein Negerjunge, ungefähr im selben Alter wie ich, stand vor einer der Hütten, starrte uns die ganze Zeit an und grinste. Hauptsächlich aber sah er meinen Bruder Hendrik an. Was auch kein Wunder war. Denn selbst in jener Zeit achtete mein Bruder Hendrik auf sein Äußeres und bemühte sich stets, schick angezogen zu sein. Sonntags trug er sogar Socken. Als wir den Mais aufgeladen hatten, schnitt mein Vater ein Stück Burentabak ab und reichte es dem Negerjungen, der noch breiter grinste, so daß wir alle seine Zähne sehen konnten, die sehr weiß waren. Er steckte das Stück in den Mund und biß darauf. Wir mußten alle lachen. Der Negerjunge sah ganz genauso aus wie ein Welpe, der ein Stück Fleisch verschluckt hat und den Kopf auf die Seite legt, um zu überlegen, wie es geschmeckt hat.

Das geschah am Vormittag. Wir zogen bis zum Nachmittag weiter, denn mein Vater wollte noch bis Tweekoppiesfontein kommen, wo wir mit unserem Vieh eine Weile bleiben wollten. Es war später Nachmittag, als wir dort ankamen, und wir begannen auszuspannen. Als ich vom Karren stieg, blickte ich mich um und sah etwas rasch hinter einem Busch verschwinden. Es schaute wie irgendein Tier aus, also bekam ich es mit der Angst und sagte meinem Bruder Hendrik Bescheid, der sein Gewehr nahm und langsam auf den Busch zuging. Eine Sekunde später entdeckten wir, daß es der Negerjunge war, den wir am selben Morgen vor der Hütte gesehen hatten. Er mußte unseren Karren ungefähr zehn Meilen weit gefolgt sein. Er sah schmutzig und müde aus, aber als mein Bruder zu ihm hinging, begann er wieder zu grinsen und wirkte überglücklich. Wir wußten nicht, was wir mit ihm anfangen sollten, also rief Hendrik ihm zu, er solle nach Hause gehen, und begann, Steine nach ihm zu werfen. Mein Vater jedoch war ein barmherziger Mensch, und nachdem er Nongaas' Geschichte angehört hatte, denn das war der Name des Negerjungen, sagte er ihm, er könne bei uns bleiben, müsse sich aber anständig benehmen und nicht lügen und stehlen wie die anderen Kaffern. Nongaas erklärte uns in der Setschuana-Sprache, die mein Vater verstand, daß seine Eltern von Löwen getötet worden seien und daß er bei seinem Onkel lebte, den er nicht mochte, aber daß er meinen Bruder Hendrik mochte und das sei auch der Grund, warum er unseren Wagen gefolgt sei.

Nogaas blieb viele Jahre lang bei uns. Er wuchs mit uns auf. Er war ein sehr guter Kaffer, und im Laufe der Zeit wurde er sehr anhänglich. Meinen Bruder Hendrik aber betete er an. Als er älter war, redete mein Vater ab und zu mit Nongaas über seine Seele und erklärte ihm, was es mit Gott auf sich hatte. Aber obwohl er meinem Vater gegenüber behauptete, er verstehe das alles, konnte ich doch erkennen, daß Nongaas, wann immer er an Gott dachte, in Wirklichkeit doch nur Hendrik meinte.

Es war kurz nach meinem einundzwanzigsten Geburtstag, als wir erfuhren, daß Hermanus Potgieter und seine gesamte Familie von einem Kaffernstamm unter Makapan ermordet worden waren. Es hieß auch, daß die Kaffern, nachdem sie ihn getötet hatten, dem alten Potgieter die Haut abgezogen und daraus Brieftaschen gemacht hätten, in denen sie ihr Dagga mit sich trugen. Es war sehr schlecht von den Kaffern, dergleichen getan zu haben, um so mehr, als Dagga einen verrückt macht und es eine Sünde ist, es zu rauchen. In unserem Distrikt wurde ein Kommando aufgestellt, um den Stamm anzugreifen und ihm etwas Respekt vor den Gesetzen des weißen Mannes beizubringen, und vor allem etwas mehr Respekt vor der Haut des weißen Mannes. Meine Mutter und meine Schwestern backten einen Haufen Kekse, die wir zusammen mit Mais und Biltong als Proviant einpackten. Auch holten wir die Bleigießform hervor und gossen Patronen. Am nächsten Morgen bestiegen mein Bruder und ich unsere Pferde, um in Richtung von Makapans Kraal zu reiten. Wir wurden von Nongaas begleitet, den wir mitnahmen, damit er sich um die Pferde kümmerte und Feuer machte. Mein Vater blieb zu Hause. Er sagte, er sei zu alt, um mit einem Kommando in den Krieg zu ziehen, außer wenn es gegen die Rotröcke gehe, falls von denen noch welche übrig seien.

Aber er gab uns einen guten Rat mit.

»Vergeßt nicht, in der Bibel zu lesen, meine Söhne«, rief er uns nach, als wir losritten. »Bittet den Herrn, euch zu helfen, und wenn ihr schießt, zielt immer auf den Bauch.« Diese Bemerkungen waren typisch für die tiefreligiöse Natur meines Vaters, und im übrigen wußte er sehr gut, daß es einfacher ist, einen Mann in den Bauch zu treffen als in den Kopf, und dabei genauso wirksam, da niemand mehr sehr lange leben kann, wenn seine Innereien zerschossen sind.

Wir ritten also los, mein Bruder und ich, und Nongaas folgte uns in einigen Yards Abstand auf dem Packpferd. Ab und zu trafen wir auf andere Bürger, von denen viele ihre Wagen dabeihatten, bis wir dann am dritten Tag Makapans Kraal erreichten, wo das Hauptkommando bereits kampierte. Es war Abend, als wir ankamen, und überall, so weit wir sehen konnten, brannten Feuer, die einen großen Kreis bildeten. Es waren über zweihundert Wagen versammelt, und auf ihren Planen leuchtete der Widerschein der Feuer gelb und rot. Wir meldeten uns beim Feldkornett, der uns einen Platz anwies, wo wir unser Lager aufschlagen konnten, direkt neben den vier Brüdern van Rensburg. Nongaas hatte gerade Feuer gemacht und Kaffee aufgebrüht, als einer der van Rensburgs herüberkam und uns einlud, zu ihrem Wagen herüberzukommen. Sie hatten einen Riedbock geschossen und brieten Stücke davon über einem Kohlenfeuer.

Wir schüttelten uns die Hand und meinten, es sei gutes Wetter für Mais, wenn bloß die Seidenraupen ihn nicht fressen würden, oder es wäre Zeit, einen neuen Präsidenten zu bekommen, und daß Riedbock sehr gut schmecke, wenn er über einem Kohlenfeuer gebraten wurde. Dann erzählten sie uns, was mit den Kaffern geschehen war. Makapan und sein Gefolge hatten die Kommandos aus der Ferne herannahen sehen und waren dann, nachdem sie ein paar Schüsse auf sie abgegeben hatten, alle in die Höhlen in den Felsen geflohen. Diese Höhlen zogen sich unterirdisch sehr weit hin und waren voller Winkel. Da die Buren daher die Höhlen nicht ohne schwere Verluste stürmen konnten, gab der Kommandant den Befehl, den Kamm zu umstellen und die Kaffern auszuhungern. Die waren alle in den Höhlen, der ganze Stamm, Männer, Frauen und Kinder. Sie steckten dort bereits seit sechs Tagen und konnten kaum mehr etwas zu essen übrig haben, und da es auch nur ein kleines Loch mit brackigem Wasser gab, waren wir guter Hoffnung, wir würden in der Lage sein, die meisten Kaffern abzuschießen, ohne zuviel Munition zu verschwenden.

Bereits jetzt war der Gestank, wenn der Wind aus der Richtung des Höhleneingangs kam, schrecklich. Wir hätten unser Lager nach hinten versetzt, hätten wir nicht befürchtet, einige der Kaffern würden zwischen den Feuern hindurch entkommen.

Am darauffolgenden Morgen sah ich zum ersten Mal, warum

wir die Kaffern nicht aus ihrem Schlupfwinkel vertreiben konnten, mochte unser Kommando auch vierhundert Mann stark sein. Überall konnte ich zwischen den Felsen und hinter dem Buschwerk schwarze Öffnungen im Gestein sehen, die direkt in die Tiefen der Erde führten. Hier und da konnte man tote Körper liegen sehen. Aber es waren noch immer eine Menge Kaffern übrig, die nicht tot waren, und die konnte man nicht sehen. Aber sie hatten Gewehre, die sie von Schwarzhändlern und Missionaren gekauft hatten, und wann immer wir in ihre Reichweite gerieten, schossen sie auf uns. Und währenddessen war da die ganze Zeit der Gestank nach verwesenden Leichen.

Die Belagerung zog sich eine weitere Woche hin. Dann hörten wir von einem Streit zwischen unseren Anführern Marthinus Wessels Pretorius und Paul Krüger. Krüger wollte die Kaffern auf der Stelle attackieren und die Sache zu Ende bringen, aber Pretorius sagte, das sei zu gefährlich und er wolle keine weiteren ermordeten Bürger. Er sagte, die Hand Gottes liege ohnehin schon schwer auf Makapan, und in ein paar weiteren Wochen würden die Kaffern alle Hungers gestorben sein. Paul Krüger dagegen sagte, es wäre besser, wenn die Hand Gottes noch ein wenig schwerer auf den Kaffern läge. Schließlich erlangte Paul Krüger die Erlaubnis, fünfzig Freiwillige auszuwählen und die Höhlen von einer Seite zu stürmen, während Kommandant Piet Potgieter mit zweihundert Mann von der anderen Seite ein Ablenkungsmanöver gegen die Kaffern starten würde. Krüger war bei uns allen sehr populär, und fast jeder meldete sich freiwillig, um mit ihm zu gehen. Also wählte er fünfzig Mann aus, darunter die van Rensburgs und meinen Bruder. Weil ich nicht zurückbleiben und das Lager hüten wollte, blieb mir nur übrig, mich Piet Potgieters Kommando anzuschließen.

Alles wurde vorbereitet, und am nächsten Morgen waren

wir bereit zum Angriff. Mein Bruder Hendrik war sehr stolz und glücklich, für die gefährlichere Aufgabe ausgewählt worden zu sein. Er ölte sein Gewehr sehr sorgfältig und polierte seine Veldskoens.

Dann tauchte Nongaas auf, und ich bemerkte, daß er sehr elend aussah.

»Mein Baas«, sagte er zu meinem Bruder Hendrik, »du darfst nicht gehen und kämpfen. Sie werden dich totschießen.«

Mein Bruder schüttelte den Kopf.

»Dann laß mich mit dir gehen, Baas«, sagte Nongaas. »Ich werde vor dir hergehen und auf dich achtgeben.«

Hendrik lachte nur.

»Hör mal zu, Nongaas«, sagte er. »Du kannst hierbleiben und das Abendessen kochen. Ich werde rechtzeitig zurück sein, um es dann zu essen.«

Das gesamte Kommando fand sich zusammen, und wir knieten nieder und beteten. Dann sagte Marthinus Wessels Pretorius, wir sollten Choral Nummer 23 singen, »Meine Seele preise den Herrn. Dein Gott ist König«. Wir sangen noch einen weiteren Choral und auch noch einen Psalm. Die meisten Leute hätten sich wohl auch mit einem einzigen Choral begnügt, nicht so aber Pretorius. Er machte immer alles doppelt und dreifach. Dann machten wir uns auf zum Angriff. Wir kämpften tapfer, aber die Kaffern waren zahlreich, und sie lagen in der Dunkelheit der Höhlen und schossen auf uns, ohne daß wir sie sehen konnten. Solange der Kampf dauerte, war er schlimmer als die Lydditbomben bei Paardeberg. Und der Gestank war entsetzlich. Wir banden uns Taschentücher um die untere Hälfte unserer Gesichter, aber das half nichts. Außerdem hatten viele von uns, da wir keine Engländer waren, überhaupt keine Taschentücher. Trotzdem kämpften wir weiter und beschossen einen Feind, den wir nicht sehen konnten. Wir stürmten direkt zum Eingang einer der Höhlen hinauf und sogar ein Stück weit hinein, da riß unser Kommandant Piet Potgieter die Hände hoch und fiel nach hinten. Er war durch die Brust geschossen. Wir trugen ihn hinaus, aber er war mausetot. Da verloren wir den Mut und zogen uns zurück.

Als wir vom Kampf zurückkamen, stellten wir fest, daß unsere andere Gruppe auch geschlagen worden war. Sie hatten zwar viele Kaffern erschossen, aber es waren immer noch Hunderte von ihnen übrig, die um so wütender kämpften, als der Hunger an ihnen nagte.

Ich ging zu unserem Lager zurück. Dort war nur Nongaas, der nach vorn gebeugt auf einem Stein saß und das Gesicht auf seine Arme gelegt hatte. Fürchterliche Angst zog mir den Magen zusammen, als ich ihn fragte, was los sei.

»Baas Hendrik«, sagte er, und als er mich anblickte, lag tiefe Sorge in seinen Augen, »Baas Hendrik ist nicht zurückgekommen.«

Ich ging sofort los und fragte nach, aber niemand konnte mir mit Gewißheit etwas sagen. Alle erinnerten sich genau daran, meinen Bruder Hendrik gesehen zu haben, als sie die Höhle stürmten. Er war ganz vorne bei den vordersten Angreifern dabeigewesen. Als ich das hörte, empfand ich großen Stolz auf meinen Bruder, obwohl mir ebenso klar war, daß nichts anderes zu erwarten gewesen war vom Sohn meines Vaters. Aber keiner der Männer konnte mir sagen, was mit ihm geschehen war. Alles, was sie wußten, war, daß er nicht mehr unter ihnen gewesen war, als sie zurückkamen.

Ich redete mit Marthinus Wessels Pretorius und bat ihn, einen weiteren Trupp auszusenden, um nach meinem Bruder zu suchen. Aber Pretorius war wütend.

»Ich gebe keinen einzigen Mann mehr frei«, erwiderte er. »Das war alles nur Krügers Idee. Ich war von Anfang an dagegen. Jetzt ist Kommandant Potgieter getötet worden, der ein besserer Mann war als Krüger und seine ganze Dopper-Clique zusammengenommen. Wenn irgendein Mann zurück in die Höhlen geht, werde ich ihn persönlich vom Kommando ausschließen.«

Ich glaube aber, Pretorius hatte unrecht. Denn Paul Krüger hatte nur versucht, seine Pflicht zu tun, und später, als er fürs Amt des Präsidenten vorgeschlagen wurde, gab ich ihm meine Stimme.

Es war elf Uhr, als ich wieder auf unserer Seite des Lagers ankam. Nongaas saß noch immer auf dem flachen Stein, und ich konnte sehen, daß er die Anordnungen meines Bruders Hendrik ausgeführt hatte und der Kessel auf dem Feuer kochte. Das Abendessen war fertig, aber mein Bruder war nicht da. Dieser Anblick war zuviel für mich, und ich ging weg und legte mich alleine unter den Wagen der van Rensburgs.

Ungefähr eine halbe Stunde später blickte ich wieder auf und sah Nongaas mit einem auf den Rücken geschnallten Sack und einer Wasserflasche davongehen. Er sagte nichts zu mir, aber ich wußte, daß er nach meinem Bruder Hendrik suchen wollte. Nongaas wußte, wenn sein Herr noch am Leben war, würde er ihn brauchen. Also ging er zu ihm. Das war alles. Ich sah Nongaas lange nach, wie er zwischen den Felsen und dem Gebüsch hindurchschlich. Ich nahm an, er hatte vor, in der Nähe eines der Höhleneingänge liegend, abzuwarten, bis die Nacht kam, und dann hineinzukriechen. Das war ein extrem tapferes Vorhaben. Sollten Makapans Kaffern ihn entdecken, dann würden sie ihn mit Sicherheit umbringen, einmal weil er den Buren gegen sie half, und dann, weil er ein Betschuana war.

Der Abend kam, aber wer nicht kam, waren mein Bruder

Hendrik und Nongaas. Die ganze Nacht über saß ich da, das Gesicht auf die Felsen gerichtet, ohne zu schlafen. Als der Morgen graute, stand ich auf und lud mein Gewehr. Ich sagte mir, wenn Nongaas bei seinem Versuch ums Leben gekommen war, dann blieb mir nur eines zu tun. Dann mußte ich selbst zu meinem Bruder hin.

Ich ging zunächst in Richtung Steppe, für den Fall, daß einer der Offiziere mich sah und zurückrief. Dann ging ich am Kliff entlang und verbarg mich im Gebüsch. Von dort aus bewegte ich mich kriechend voran, im Schutz des hohen Grases und der Felsen, bis ich schließlich an einer Stelle von Makapans Festung ankam, wo es ruhiger war. Ich kam bis etwa zweihundert Yards an einen Höhleneingang heran. Dort lag ich ganz ruhig hinter einem großen Felsen, um herauszufinden, ob sich dort irgendwo Kaffern auf Beobachtungsposten befanden. Von Zeit zu Zeit hörte ich das Geräusch eines Schusses, aber das kam aus weiter Entfernung. Irgendwann schlief ich ein, denn ich war sehr erschöpft von der Furcht und weil ich die Nacht zuvor nicht geschlafen hatte.

Als ich wieder erwachte, stand die Sonne im Zenit. Es war heiß, und am Himmel stand keine Wolke. Nur ein paar Geier, die langsam kreisten und kreisten und dabei nie mit den Flügeln zu schlagen schienen. Ab und zu kam einer von ihnen herab und landete, und das war entsetzlich. Ich mußte an meinen Bruder Hendrik denken, und es schüttelte mich. Ich blickte auf die Höhle. Es sah so aus, als bewegte sich dort etwas. Eine Minute später sah ich, daß es ein Kaffer war, der sich verstohlen auf den Eingang zubewegte. Ich hatte den Eindruck, er blicke in meine Richtung, und aus Angst, er könnte mich sehen und die andern Kaffern rufen, sprang ich rasch auf und schoß auf ihn, wobei ich auf den Bauch zielte. Er kippte um wie ein Sack Kartoffeln, und ich war meinem Vater für seinen guten Rat dankbar. Aber ich mußte jetzt schnell handeln. Wenn die andern Kaffern den Schuß gehört hatten, dann kämen sie alle zusammen herbeigelaufen. Und das wollte ich nicht erleben. Der Anblick dieser Geier gefiel mir nicht. Daher entschloß ich mich, ein großes Risiko einzugehen. Ich rannte also, so schnell ich konnte, auf die Höhle zu und direkt hinein, so daß die Kaffern, selbst wenn sie kämen, mich in der Düsternis nicht sehen würden. Dann lag ich lange da und wartete ab. Aber da keine weiteren Kaffern mehr kamen, stand ich schließlich auf und ging langsam einen dunklen Gang entlang, drehte mich immer wieder um, um sicherzugehen, daß niemand mir folgte und daß ich den Rückweg wiederfinden würde. Denn es gab sehr viele Windungen und Seitengänge, der gesamte Berg schien untertunnelt zu sein.

Ich wußte, meine Suche würde sehr schwierig werden. Zugleich aber auch schien irgend etwas mir zu sagen, daß mein Bruder ganz in der Nähe sei. Also war ich stark im Glauben und wußte, der Herr würde mich leiten. Und ich fand meinen Bruder Hendrik, und er lebte. Es war eine ungeheure Freude, als ich ihn entdeckte. Ich sah ihn im Dämmerlicht, das durch eine große Felsspalte in der Höhlendecke eindrang. Er lag gegen einen Fels gestützt, hielt sich das Bein und stöhnte. Später sah ich, daß sein Bein verstaucht und stark geschwollen war, aber sonst fehlte ihm nichts. So groß war die Überraschung meines Bruders Hendrik, mich zu sehen, daß er zunächst kein Wort herausbekam. Er hielt nur meine Hand und lachte leise, und als ich seine Stirn berührte, merkte ich, daß er fieberte. Ich gab ihm ein wenig Schnaps aus meiner Feldflasche, und er erklärte mir in wenigen Worten alles, was geschehen war. Als sie die Höhle stürmten, war er ganz vorn dabeigewesen, und als die Kaffern sich zurückzogen, verfolgte er sie. Aber jeder lief in eine andere

Richtung, bis mein Bruder schließlich ganz alleine war. Er hatte versucht zurückzukommen, sich aber verirrt und war dann in eine Senke gefallen. Dabei verstauchte er sich den Knöchel so stark, daß er seither Höllenqualen litt. Er war in eine abgelegene Ecke gekrochen, und dort war er geblieben, inmitten der Dunkelheit und der Gefahr und mit seinen Schmerzen. Aber das Schlimmste war der Gestank der verwesenden Leichen gewesen.

»Und dann ist Nongaas gekommen«, sagte mein Bruder Hendrik.

»Nongaas?« fragte ich ihn.

»Ja«, antwortete er. »Er hat mich gefunden und mir Essen und Wasser gegeben und mich auf dem Rücken getragen. Schließlich war das Wasser alle, und ich war sehr durstig. Also hat Nongaas die Flasche genommen und wollte sie am Wasserloch auffüllen. Aber es ist sehr gefährlich, dort hinzugelangen, und ich habe solche Angst, daß sie ihn töten könnten.«

»Sie werden ihn nicht töten«, sagte ich. »Nongaas wird wiederkommen.« Ich sagte das zwar, aber in meinem Herzen hatte ich Angst. Denn die Höhlen waren zahlreich und dunkel, und die Kaffern waren blutdurstig. Es hatte keinen Sinn zu warten. Also hob ich Hendrik auf meine Schultern und trug ihn zum Ausgang zurück. Er litt starke Schmerzen.

»Weißt du«, flüsterte er, »Nongaas hat geweint, als er mich gefunden hat. Er dachte, ich sei tot. Er war so gut zu mir – so ungeheuer gut. Erinnerst du dich noch an den Tag, als er unseren Wagen folgte? Er sah so wahnsinnig vertrauensvoll aus und war so klein – und doch habe ich, habe ich mit Steinen nach ihm geworfen. Ich wünschte, ich hätte das nicht getan. Ich hoffe nur, er kommt heil zurück. Er hat geweint und mein Haar gestreichelt.«

Wie ich schon sagte, mein Bruder Hendrik fieberte stark.

»Natürlich wird er zurückkommen«, antwortete ich ihm. Doch diesmal wußte ich, daß ich log. Denn als ich den Höhleneingang betrat, hatte ich gegen den Kaffer getreten, den ich dort niedergeschossen hatte. Der Körper rollte auf die Seite, und da sah ich sein Gesicht.

Gelbe Milchholzfrüchte

WENN IHR EINMAL mit meinem Vater über Medizinmänner gesprochen hättet (sagte Oom Schalk Lourens), dann hätte er euch immer diese eine Geschichte erzählt. Und am Ende hätte er dann erklärt, daß euch ein solcher Medizinmann zwar aus Knochen die Zukunft gelesen, anderseits aber immer nur die unwichtigen Dinge vorhergesagt hätte. Mein Vater meinte immer, die wirklich wichtigen Dinge seien dem Medizinmann ebenso verborgen wie dem, der seinen Prophezeiungen lausche.

Mein Vater erzählte, er habe, als er sechzehn Jahre alt war, mit seinem Freund Paul, einem Jüngelchen ungefähr desselben Alters, einen Kaffernmedizinmann aufgesucht. Sie hatten gehört, dieser Medizinmann sei sehr gut darin, die Knochen zu werfen.

Dieser Medizinmann lebte alleine in einer Lehmhütte. Während sie noch unterwegs waren, lachten und scherzten die beiden jungen Männer viel, aber das änderte sich, sobald sie die Hütte betreten hatten. Sie waren beeindruckt. Der Medizinmann war sehr alt und sehr faltig. Er hatte einen merkwürdigen Kopfputz auf, der aus den Schwänzen verschiedenster wilder Tiere gemacht war.

Es war deutlich zu sehen, daß die beiden Jungen über die Maßen eingeschüchtert waren, als sie sich dort in der Dunkelheit auf dem Boden niederließen. Denn mein Vater, der vorgehabt hatte, dem Medizinmann lediglich ein Stück Burentabak zu geben, überreichte ihm eine ganze Rolle. Und Paul, der, solange er noch draußen gewesen war, gesagt hatte, er wolle ihm überhaupt nichts geben, überreichte ihm sein Jagdmesser.

Dann warf er die Knochen. Zunächst warf er für meinen Vater. Er sagte ihm viele Dinge voraus. Er sagte ihm, er werde heranwachsen und ein guter Bürger werden und eines Tages sehr wohlhabend sein. Er werde eine große Farm haben und viel Vieh und zwei Ochsenkarren.

Aber was der Medizinmann meinem Vater nicht erzählte, das war, daß er in den darauffolgenden Jahren einen Sohn haben würde, Schalk, der bessere Geschichten erzählen konnte als irgendwer sonst in der Marico.

Dann warf der Medizinmann die Knochen für Paul. Er sagte eine ganze Weile lang gar nichts. Er blickte von den Knochen auf Paul und wieder zurück auf die Knochen und das auf eine merkwürdige Art und Weise. Endlich sprach er.

»Ich kann sehen, daß du weit fortgehen wirst, mein junger Herr«, sagte er, »weit, weit fort über das große Wasser. Fort von deinem eigenen Land, mein junger Herr.«

»Auch von der Steppe?« fragte Paul. »Und den Bergen und den Ebenen?«

»Auch fort von deinen eigenen Leuten«, sagte der Medizinmann.

»Und werde ich – werde ich –«

»Nein, mein junger Herr«, erwiderte der Medizinmann, »du wirst nicht zurückkommen. Du wirst dort sterben.«

Mein Vater erzählte, als sie aus dieser Hütte herauskamen, sei das Gesicht Paul Krügers sehr weiß gewesen. Und deswegen sagte mein Vater auch immer, daß ein Medizinmann einem zwar wahre Dinge sagen könne, aber nie die Dinge, auf die es wirklich ankam. Und mein Vater hatte recht.

Nehmen wir zum Beispiel den Fall von Neels Potgieter und Martha Rossouw. Die beiden verlobten sich kurz vor der Geschichte in Paardekraal. Dort auf der Anhöhe erklärten unsere Führer uns, daß wir, obwohl Transvaal von Sir Theophilus Shepstone annektiert worden sei, dennoch weiterhin unsere Steuern zu bezahlen haben würden. Da war jedermann klar, daß wir uns im Krieg befanden.

Neels Potgieter und ich waren im selben Kommando.

Man hatte bestimmt, daß die Bürger aus der Gegend sich im Hause des Feldkornetts zusammenfinden sollten. Außerdem war die Anordnung rausgegangen, daß keine Frauen anwesend sein durften. Eine Menge Kämpfe standen uns ins Haus, und dieser letzte Abschied wäre vermutlich sehr peinvoll geworden.

Nichtsdestoweniger und wie immer erschienen die Frauen dennoch. Und unter ihnen fand sich auch Niels' Schatz Martha Rossouw. Und meine Schwester Annie war ebenfalls da.

Ich werde diese Szene am frühen Morgen vor dem Haus des Feldkornetts nie vergessen, als oben das Kliff noch im Schatten lag und ein schwacher Wind durchs Gras wehte. Wir hatten keinen Prediger dabei, aber ein Kirchenältester mit zwei um den Leib geschlungenen Patronengurten und einem Martini-Gewehr in der Hand sagte ein paar Worte. Er war ein kräftiger und einfacher Mann, in Rhetorik nicht sehr bewandert. Aber als er über Transvaal redete, konnten wir spüren, was in seinem Herzen vorging, und nahmen schweigend unsere Hüte ab.

Und gar nicht so lange danach nahm ich meinen Hut wieder auf ziemlich die gleiche Weise ab. Das war am Berg von Majuba. Es war nach der Schlacht, und der Kirchenälteste trug noch immer seine zwei Patronengurte, als wir ihn am Fuß des Hügels beerdigten.

Aber was mich am meisten beeindruckte, das war das Gebet, das auf die kurze Rede des Kirchenältesten gefolgt war. Vor dem Haus des Feldkornetts knieten wir nieder, ein jeder Bürger mit seinem Gewehr an der Seite. Und das Weibervolk kniete sich mit uns hin. Und der Wind schien die hohen Grashalme ganz sachte zu streicheln, und ganz sachte schien er über die bloßen Köpfe der Männer zu streichen und die Hauben und Röcke der Frauen zu blähen. Und ebenso sachte trug er die Gebete unserer Nation über die Steppe.

Danach erhoben wir uns und sangen einen Choral. Die Zeremonie war zu Ende. Die Agterryers brachten uns unsere Pferde. Und mit trockenen Augen und schmalen Lippen sandte jede einzelne Frau ihren Mann in den Krieg. Niemand weinte. Sodann feuerten wir, wie es Burensitte war, eine Salve in die Luft.

»Vorwärts, Bürger!« erklang der Befehl des Feldkornetts, und wir galoppierten in Zweierreihen die Straße hinab. Aber bevor wir losgeritten waren, hatte ich mitbekommen, daß Neels Potgieter etwas zu Martha Rossouw sagte, als er sich aus dem Sattel hinabbeugte, um sie zu küssen. Meine Schwester Annie, die neben meinem Pferd stand, hatte es auch gehört.

»Wenn die Früchte der Milchholzbäume reif sind, Martha«, sagte Neels, »dann werde ich wieder bei dir sein.«

Annie und ich sahen einander an und lächelten. Neels hatte da etwas Schönes gesagt. Aber schließlich war Martha auch schön. Und bei genauerem Nachdenken schöner als die Bäume, die auf der Steppe wuchsen und diese gelben Früchte trugen – und auch wilder.

Daran mußte ich noch immer denken, als unser Kommando bereits in langer Linie über den Hügel hinweg war und sich auf den Weg nach Süden gemacht hatte, wo sich Natal befand und die anderen Kommandos und Majuba.

Dies war der Krieg von Bronkhorstspruit, der von General Colley und von Laing's Nek. Ihr habt zweifellos viele Schilderungen dieses Kriegs gehört, von denen einige vielleicht sogar der Wahrheit entsprachen. Denn es ist eine seltsame Sache, daß ein Mann, wenn er älter wird und auf die Schlachten zurückblickt, in denen er gekämpft hat, sich mit jedem Jahr an mehr Feinde erinnern wird, die er erschossen hat.

So ein Mann war Klaas Uys. Jedes Jahr an seinem Geburtstag erinnerte er sich an ein, zwei zusätzliche Rotröcke, die er erschossen hatte, woraufhin er sich auf der Stelle erhob und ein paar weitere Kerben in den hölzernen Teil seines Gewehrs unterhalb des Laufs ritzte. Dann sagte er, sein Gedächtnis werde von Jahr zu Jahr besser.

Während der gesamten Zeit, die ich im Kommando verbrachte, erhielt ich nur einen einzigen Brief. Der kam von Annie, meiner Schwester. Sie schrieb, ich solle keine Risiken eingehen und mich möglichst von den Engländern fernhalten, vor allem, wenn sie Waffen trugen. Außerdem schrieb sie, ich solle daran denken, daß ich ein Weißer war, und wenn es irgend etwas Gefährliches zu erledigen gebe, solle ich dazu einen Kaffer vorschicken.

Es stand noch eine Reihe weiterer solcher Dinge in Annies Brief. Aber ich benötigte ihren guten Rat gar nicht. Unser Kommandant war ein gottesfürchtiger und schlauer Mann, und er kannte sogar noch bessere Kniffe als Annie, um sich aus dem Schußfeld des Feindes zu halten.

Aber Annie erzählte am Ende ihres Briefes auch, daß sie und Martha Rossouw bei einem Medizinmann gewesen seien. Sie hatten dort etwas über Neels Potgieter und meine Zukunft erfahren wollen. Wäre ich zu Hause gewesen, hätte ich Annie nie erlaubt, sich zu einem solchen Unfug hinreißen zu lassen.

Um so weniger, als der Medizinmann zu ihr gesagt hatte: »Ja, Missus, ich kann Baas Schalk Lourens sehen. Er wird heil nach Hause kommen. Er ist sehr schlau, Baas Schalk. Er liegt hinter einem großen Felsen und hat sich eine schmutzige, braune Decke über den Kopf gezogen. Und er bleibt hinter diesem Felsen, bis die Schlacht zu Ende ist – wirklich zu Ende.«

Laut Annies Brief hatte der Medizinmann ihr noch ein paar weitere Dinge über mich gesagt. Aber die muß ich hier jetzt ja nicht wiederholen. Ich glaube, ich habe schon deutlich genug gemacht, was für eine Art Halunke dieser alte Kaffer gewesen ist. Nicht nur nutzte er die Gutgläubigkeit eines einfachen Mädchens aus, er versuchte auch noch auf Kosten eines jungen Mannes, der für die Freiheit seines Landes kämpfte, seine Scherze zu machen.

Nicht genug damit, Annie schrieb auch noch, sie habe mich sofort wiedererkannt, alleine schon anhand der Beschreibung, die der Kaffer von dieser Decke gegeben habe.

Zu Martha Rossouw sagte der Medizinmann: »Baas Neels Potgieter wird zu dir zurückkehren, Missus, wenn die Früchte der Milchholzbäume wieder reif sind. Bei Sonnenuntergang wird er kommen.«

Das war alles, was er über Neels sagte, und das war nicht gerade viel, wenn man bedachte, daß Neels selbst an dem Tag, als das Kommando losritt – einmal abgesehen von dem Teil mit dem Sonnenuntergang –, genau die gleiche Prophezeiung gemacht hatte. Ich nehme an, der Medizinmann war zu sehr damit beschäftigt gewesen, sich dumme und niederträchtige Dinge über mich auszudenken, als daß er dem Schicksal Neels Potgieters noch große Aufmerksamkeit hätte widmen können.

Aber ich habe Annies Brief gegenüber Neels nicht erwähnt. Möglich, daß er mehr zu wissen begehrt hätte, als was ich ihm sagen wollte. Mehr vielleicht sogar, als was Martha ihm sagen wollte – Martha mit dem wilden Herzen.

Schließlich endete der Krieg, und die Vierkleur wehte wieder über Transvaal. Und die Kommandos zogen in verschiedene Richtungen wieder heimwärts. Und unsere Führer ließen ihre alten Streitigkeiten darüber wieder aufleben, wer Präsident werden sollte. Und überall war alles – mit Ausnahme ein paar einsamer Gräber an Bergflanken und in Tälern – wieder so, wie es gewesen war, bevor Shepstone auftauchte.

Es ging auf den Abend zu, als unser kleiner Trupp wieder über den Hügel ritt und vor dem Haus des Feldkornetts schließlich wieder zum Stehen kam. Ein Bote war vorgeschickt worden, um unsere Ankunft anzusagen, und aus allen Richtungen hatten sich die Frauen und Kinder und alten Männer versammelt, um ihre siegreichen Bürger, die vom Krieg zurück waren, willkommen zu heißen. In vielen Augen standen Tränen, als wir sangen »Hef, Bürger, Hef«.

Und die Früchte der Milchholzbäume hingen gelb und reif im Laub.

Und in der Dämmerung fand Neels Potgieter Martha Rossouw und küßte sie. Bei Sonnenuntergang, wie der Medizinmann gesagt hatte. Aber da war eine wichtige Sache, über die der Medizinmann nichts erzählt hatte. Das war etwas, das auch Neels Potgieter in diesem Augenblick nicht wußte. Und das war, daß Martha ihn nicht mehr wollte.

Zwischenspiel in Betschuana

ALS ICH LENIE VENTER zum letzten Mal sah (sagte Oom Schalk Lourens), saß sie in der Stube des Farmhauses ihrer Eltern in Koedoesrand und zeichnete kleine Kreise aufs Löschpapier. Und ich wußte nicht, ob ich Lenie bedauern sollte. Oder Johnny de Klerk. Oder Gert Oosthuizen. Oder womöglich sogar den Kaffer, der Schulmeister in Ramoutsa war.

Natürlich hatte Lenie diesen Trick mit den gezeichneten Kreisen von Johnny de Klerk gelernt, dem jungen Versicherungsvertreter. Sie hatte ihn sehr genau beobachtet, als er das erste Mal bei Piet Venter vorsprach. Er war schon seit einiger Zeit in der Marico, aber dies war sein erster Besuch in Koedoesrand. In seinem blauen Anzug mit der kurzen Jacke und den weiten Hosen sah Johnny de Klerk sehr elegant aus, und während er dasaß, einen Haufen gedruckter Dokumente vor sich, und über die Vorteile redete, die es mit sich brachte, versichert zu sein, zeichnete er einen Haufen kleiner Kreise auf sein Löschpapier.

Ich war mit dem Maultierkarren ins Protektorat Betschuanaland unterwegs und hatte auf eine Tasse Kaffee in Piet Venters Haus haltgemacht, auch um ihn zu fragen, ob ich in dem indischen Laden in Ramoutsa irgend etwas für ihn mitbestellen solle. Aber er sagte, er brauche nichts.

»Und wie wäre es mit einem Faß Milbenmittel?« schlug ich vor, weil mir einfiel, daß Piet mir noch fünf Gallonen von dem Mittel schuldete.

»Nein«, antwortete er. »Ich brauche zur Zeit kein Milbenmittel.«

»Vielleicht kann ich dir ja ein paar Rollen Stacheldraht bestellen«, schlug ich vor. Diesmal dachte ich an den Draht, den er für seine neue Schafkoppel von mir geborgt hatte.

»Nein, danke schön«, sagte er höflich, »Stacheldraht brauche ich auch keinen.«

Was diese Dinge betraf, war Piet Venter eigen.

Ich war am Aufbrechen, als Johnny de Klerk hereinkam, sehr schick in seinem blauen Anzug und seinem leichten Filzhut und seinen spitzen Schuhen. Er stellte sich vor, und wir setzten uns alle hin und plauderten eine Weile sehr angeregt. Danach holte Johnny eine Reihe Versicherungsformulare hervor und erzählte Piet Venter irgend etwas von einer Tausend-Pfund-Police, wobei er sehr hastig sprach. Aus der Art, wie Johnny de Klerk mir immer wieder Seitenblicke zuwarf, während er redete, schloß ich, daß meine Anwesenheit ihn störte und er nicht in der Lage war, so gewandt zu sprechen, wie er konnte, solange ein Dritter mithörte.

Also zündete ich meine Pfeife an und blieb sitzen.

Ich bemerkte, daß Lenie immer wieder die Stube betrat und wieder verließ und leuchtende Augen und rote Wangen hatte. Ich bemerkte ebenfalls, daß sie kurz nach der Ankunft Johnny de Klerks ein paar Minuten im Schlafzimmer verschwunden und in einem neuen rosa Kleid wieder herausgekommen war. Lenie war schön genug, daß jeder Mann sich geschmeichelt gefühlt haben würde, wenn er gewußt hätte, daß sie im Schlafzimmer verschwand und ein neues rosa Kleid anzog, nur weil er da war.

Sie hatte dunkles Haar und dunkle Augen, und wenn sie lächelte, konnte man sehen, daß ihre Zähne sehr weiß waren.

Ihr plötzliches Interesse an diesem jungen Versicherungsvertreter kam mir um so verwunderlicher vor, als jedermann in der Marico wußte, daß Lenie von Gert Oosthuizen den Hof gemacht bekam.

Aber es schien nicht so, als habe Johnny de Klerk Lenies Erröten und ihr neues Kleid bemerkt. Er wirkte, als fielen ihm solche Dinge überhaupt nicht ins Auge. Es schien mir nicht gerecht, daß die Bemühungen eines jungen Mädchens, einen Mann für sich zu interessieren, so völlig vertan sein sollten. Das war ein weiterer Grund dafür, warum ich dabei sitzen blieb, während der Versicherungsvertreter auf Piet Venter einredete. Ich ging sogar soweit, ein-, zweimal zu hüsteln, als Johnny de Klerk die Höhe der Police nannte, die Piet Venter abschließen sollte.

Als er das gesamte Löschpapier mit kleinen Kreisen gefüllt hatte, hörte Johnny de Klerk auf zu reden und brachte Ordnung in seine gedruckten Dokumente.

»Ich habe dir bewiesen, warum du gut daran tust, für tausend Pfund versichert zu sein, Oom Piet«, sagte er. »Also unterschreib jetzt einfach hier.«

Piet Venter schüttelte den Kopf.

»Oh nein«, sagte er, »das werde ich nicht.«

»Aber du mußt«, fuhr Johnny de Klerk fort und machte eine Handbewegung in Richtung Lenie, ohne aufzusehen, »um deiner Frau hier willen, mußt du.«

»Das ist nicht meine Frau«, erwiderte Piet Venter, »das ist meine Tochter Lenie. Meine Frau ist nach Zeerust verreist, um ihre Schwester zu besuchen.«

»Na, dann eben um deiner Frau und deiner Tochter Lenie

willen«, sagte Johnny de Klerk, »und dazu kommt noch, daß ich bereits eine Stunde lang mit dir gesprochen habe. Wenn ich noch eine weitere Stunde dranhänge, dann werde ich dich für zweitausend Pfund versichern müssen.«

Da bekam es Piet Venter mit der Angst zu tun, zog seine Jacke aus und unterschrieb das Vertragsformular ohne weiteres Aufhebens. Daran wie er sich mit der Hand über die Stirn fuhr, konnte ich sehen, daß er froh war, so leicht davongekommen zu sein. Ich fand es auch sehr korrekt von Johnny de Klerk, ihn beizeiten gewarnt zu haben. Ein unehrlicherer Versicherungsvertreter, das hatte ich im Gespür, hätte dort einfach die vollen zwei Stunden abgesessen und hätte die Papiere dann ganz kühl für zweitausend Pfund ausgefüllt. Es tat mir wohl, einen ehrlichen Versicherungsvertreter am Werk zu sehen, nachdem ich so vielen begegnet war, die man wohl eher dem unehrlichen Zweig zurechnen konnte.

Danach ging Johnny de Klerk mit den Papieren hinaus und sagte, er werde sich wieder melden.

Ich verabschiedete mich kurz darauf.

»Ach übrigens«, sagte ich zu Piet Venter, als ich meinen Hut nahm, »vielleicht könnte ich dir in Ramoutsa ja noch eine zweite Zugkette bestellen. Es ist immer nützlich, zwei Zugketten zu haben.«

Piet Venter dachte einige Momente scharf nach.

»Nein, Schalk, das hat keinen Sinn«, sagte er dann langsam. »Wenn ein Mann eine Ersatzkette besitzt, dann wollen irgendwelche Leute sie immer ausborgen.«

Ich machte mir meine Gedanken über Piet Venter, während ich hinaus zu meinem Maultierkarren ging.

Gerade hatte ich die Zügel vom Vorderrad gelöst und wollte losfahren, da hörte ich jemanden mit leichten Schritten übers

Gras laufen. Ich blickte mich um. Es war Lenie. Sie sah sehr schön aus, wie sie so rannte mit leuchtenden Augen und ihrem dunklen Haar, das im Wind wehte.

Sie war sehr schnell gelaufen. Ihr Atem kam in kurzen Stößen zwischen ihren geöffneten Lippen hindurch. Das Sonnenlicht glänzte sehr weiß auf ihren kleinen Zähnen.

Zunächst war Lenie zu aufgeregt, um reden zu können. Sie lehnte sich keuchend gegen den Wagen. Ich war froh, daß sie sich nicht dazu entschlossen hatte, sich statt dessen gegen eines der Maultiere zu lehnen.

Schließlich fand sie ihre Stimme wieder.

»Mir ist gerade noch eingefallen, Oom Schalk«, sagte sie, »daß wir kein Löschpapier mehr haben. Könntest du mir ein paar Blatt aus Ramoutsa mitbringen?«

»Aber gewiß doch, Lenie« erwiderte ich, »ja natürlich. Löschpapier. Oh ja, sicher. Löschpapier.«

Ich redete auf diese sehr taktvolle Weise mit ihr, um ihr den Eindruck zu vermitteln, es sei eine ganz normale Bitte, die sie mir da aufgetragen hatte. Und ich sagte noch ein paar weitere Dinge, die sogar noch taktvoller waren.

Sie lächelte, während ich so redete. Und dieses Lächeln ging mir den Großteil des Wegs nach Ramoutsa nicht mehr aus dem Kopf. Es war das Lächeln von jemand, der sich nicht ganz wohl fühlt in seiner Haut.

Der übliche kleine Haufen Farmer aus verschiedenen Ecken der Marico stand in dem indischen Laden herum, als ich eintraf. Nachdem sie ihre Einkäufe erledigt hatten, trödelten sie noch ein wenig herum und diskutierten über Politik, das Wachstum des Maises und Milzbrand. Sie standen herum und plauderten, damit ihre Maultiere die Gelegenheit bekamen, sich auszuruhen. Manchmal bekam eines der Maultiere einen Sonnenstich, weil es zu lange draußen in der Hitze stehen mußte, während sein Besitzer redete.

Ich bestellte die Dinge, die ich brauchte. Der Inder schrieb alles in ein Buch und befahl dann einem der Kaffer, die Sachen zu meinem Maultierkarren hinauszutragen.

»Ach ja«, sagte ich, räusperte mich und versuchte so zu klingen, als sei mir gerade noch etwas Zusätzliches eingefallen. »Ich brauche auch noch Löschpapier. Sechs Blatt sollten genug sein.«

Der Inder blickte mir in die Augen und nickte mehrmals sehr ernst. Daraus schloß ich, daß er nicht wußte, was Löschpapier war. Es kostete mich ungefähr eine halbe Stunde, es ihm zu erklären, und zuletzt sagte er, er habe keines im Laden vorrätig, aber wenn ich wünschte, könne er mir welches aus England bestellen. In der Zwischenzeit jedoch hatten mehrere der gedankenverlorenen Farmer, die ihren Maultieren Zeit zum Ausruhen gaben, mitbekommen, was ich wollte. Und sie machten ihre Bemerkungen darüber, die man hier im Protektorat wohl komisch fand.

Einer der Farmer sagte, daß Schalk Lourens wohl gerade sehr modern werde und daß das nächste, was er bestellen würde, ein Kragen und ein Schlips wären.

»Der letzte Bure, der Löschpapier benutzt hat«, sagte ein weiterer Mann, »war Piet Retief. Als er diesen Vertrag mit Dingaan unterzeichnete.«

Sie lachten immer noch auf ihre verständnislose Art und Weise, als ich bereits davonfuhr und sehr verbittert darüber war, daß ein nettes Mädchen wie Lenie, das in anderer Hinsicht so verständig war, mich in eine derart unangenehme Situation gebracht hatte.

Auf meinem Weg zurück über die Grenze mußte ich an der Schule von Betschuana vorbei. Und dort bekam ich schließlich auch mein Löschpapier. Ich erhielt ein paar Blatt von dem Kaffer, der dort Schulmeister war. Im Tausch für das Löschpapier gab ich ihm eine halbe Kanne schwarze Achsenschmiere, die er, wie er mir erklärte, brauchte, um sie sich in die Haare zu reiben. Ich hatte nicht das Gefühl, daß er ein sonderlich gebildeter Kaffernschulmeister war.

Und als ich das Löschpapier zurück nach Koedoesrand brachte, erwähnte ich nicht, wo ich es herhatte. Ebensowenig sprach ich daher auch darüber, daß der Kaffernschulmeister von Ramoutsa mir viele Fragen zu einem Baas Johnny de Klerk gestellt hatte. Ich sah keine Notwendigkeit, die anderen davon in Kenntnis zu setzen. Denn ich wußte, daß der Schulmeister mir lediglich die Wahrheit erzählt hatte und daß daher ohnehin mit der Zeit alles herauskäme.

In den darauffolgenden Wochen sah ich Piet Venter und Lenie kaum. Aber ich hörte, daß Johnny de Klerk noch immer durch die Gegend reiste und Versicherungen verkaufte. Ich hörte auch, daß er die Angewohnheit hatte, recht häufig in Piet Venters Haus einzukehren, was Gert Oosthuizen, dem jungen Farmer, der mit Lenie verlobt war, überhaupt nicht gefiel.

Und so gingen die Tage ins Land, wie sie das in der Marico tun, vollkommen ruhig.

Ab und zu hörte ich Geschichten, die darauf hinausliefen, daß Johnny de Klerk Lenie Venter immer häufiger sah und daß Gert Oosthuizen diese Sache mit zunehmendem Mißfallen betrachtete. Aus all diesen Gründen konnte ich nicht nach Koedoesrand gehen. Mir war bewußt, daß es, würde ich Piet Venter besuchen, meine Pflicht gewesen wäre, ihm alles zu erzählen, was ich wußte. Und irgend etwas hinderte mich daran, das zu tun.

Die trockene Jahreszeit ging vorüber, und die Regenzeit kam, und die Stauseen waren voll. Und plötzlich, eines Tages, wußte die ganze Marico über diese Sache mit Johnny de Klerk

Bescheid. Und kurz danach besuchte ich wieder einmal Piet Venter in Koedoesrand.

Allerdings hatte Johnny de Klerk in der Zwischenzeit ein paar recht unangenehme Momente verbracht. Denn als sie herausfanden, daß der Kaffernschulmeister in seiner unbedarften Art ganz recht hatte, den Versicherungsvertreter als seinen Schwiegersohn anzusehen, wartete eine Reihe Farmer, bis Johnny de Klerk Lenie Venter wieder einen Besuch abstattete. Und dann warfen sie ihn in den Stausee, der vom Regen randvoll war, und als er wieder herauskam, war sein blauer Anzug reichlich schmutzig, und sein leichter Hut schwamm noch immer im Wasser.

Und so verließ Johnny de Klerk die Marico. Aber keiner konnte mit Sicherheit sagen, ob er zurück nach Pretoria ging, woher er gekommen war, oder zu der Betschuana-Hütte in Ramoutsa, wohin sich zu scheren einer der Farmer ihm geraten hatte, während er ihm einen Tritt versetzte.

Das letzte Mal, daß ich Lenie Venter in der Stube im Haus ihres Vaters sah, war kurz vor ihrer Heirat mit Gert Oosthuizen. Und Gert redete mit sentimentalen Worten auf sie ein und tat dabei äußerst bedeutsam. Aber die meiste Zeit war Lenies Gesicht von dem Gerts abgewandt, und sie saß da, mit einem Gesichtsausdruck, als sei sie ganz woanders, und zeichnete kleine Kreise auf ein Blatt Löschpapier.

Schwarze Mamba

»GOTT, DAS IST JA SCHRECKLICH!« brach es aus Hendrik van Jaarsfeld heraus, »und wenn ich mir vorstelle, daß es ebensogut mir hätte passieren können ...«

Dann formte er einen Trichter mit den Händen und rief laut. Ein paar Minuten später tauchte Piet Uys aus einem Dickicht weißer Dornbüsche auf, eine Mauser im Arm.

»Was ist los, Hendrik?« fragte Piet Uys. Aber der andere mußte gar nicht antworten, denn da lag dieser Körper neben dem Ochsenkarren.

»Mamba?« fragte Piet.

»Schwarze Mamba«, antwortete Hendrik van Jaarsfeld.

Die beiden Männer nahmen schweigend den Hut ab. Da war nichts mehr zu machen. Denn im Distrikt der Marico sind die Wörter »Schwarze Mamba« und »Tod« Synonyme, und wie jedermann weiß, kann man am Tod wenig ändern.

Gegen den Biß einer Korallenschlange oder einer Speikobra oder einer Puffotter helfen ein scharfes Messer und Kaliumpermanganatkristalle fast immer. Aber wenn ein Mann von einer Mamba gebissen wird, ist das etwas anderes. Dann ist es der Wille des Herrn, daß man über seinem offenen Grab ein Gebet spreche und daß ein Psalm gesungen werde, bevor das Loch in der Steppe wieder mit roter Erde zugeschüttet wird.

Hendrik van Jaarsfeld und Piet Uys waren wegen der Dürre von Schweizer-Reneke herübergezogen. Mit ihren Wagen und ihrem Vieh waren sie in nördlicher Richtung durch Transvaal gereist und hatten schließlich am Fuß der Dwarsberge Rast gemacht, wo es Weidegründe gab.

Hier hatten sie nun einige Wochen verbracht und wenig zu tun gehabt, außer in den Niederungen Springböcke zu schießen. Nun aber mußten sie sich um das Begräbnis des Kaffern kümmern, der einer der Hirten gewesen war.

Die beiden weißen Männer standen dabei, während die Kaffern das Grab schaufelten. Dann schlugen Hendrik van Jaarsfeld und zwei Kaffern eine alte Decke um den Leichnam. Sie gingen dabei unbeholfen vor, denn als Leichenbestatter waren sie noch Amateure. Der Hirte war gestorben, während er seine linke Hand in die rechte Achselhöhle drückte, im Versuch den Schmerz in seinem Finger zu stillen, in den ihn die Schlange gebissen hatte.

Als sie die Leiche anhoben, fiel ihre Hand steif auf den Schenkel. Hendrik wandte den Kopf ab, aber er hatte bereits die abstoßende Masse gesehen, in die die Giftzähne der Mamba die Hand des Toten verwandelt hatten.

»Ja, es heißt, die Hand ist der übelste Ort für einen Schlangenbiß«, bemerkte Piet Uys beiläufig von da, wo er stand, ein paar Schritte abseits. »Die Hand und das Gesicht. Es heißt, wenn dich eine Mamba in die Hand beißt, bist du tot, bevor du auf dem Boden aufschlägst.«

Hendrik van Jaarsfeld klangen die Worte seines Kameraden hartherzig und grell in den Ohren. Er wünschte sich, Piet würde den Mund halten. So wie die Kaffern. Die wußten, daß der Tod eine ernste Sache war. Und die Steppe wußte das auch. Die Steppe war still – vollkommen still. Die Steppe ist immer still, wenn der Tod gegenwärtig ist.

Mit einem Mal begann Hendrik sich zu fürchten. Es war eine vage Furcht, die er selbst nicht verstand. Aber sie ließ ihn sich sehr einsam fühlen. Es war, als befände er sich ganz alleine mit dem toten Hirten unter dem Himmel. Die Leiche und er schienen vollkommen alleine zu sein. Auf irgendeine Weise waren Piet und die Kaffern von ihm getrennt. Er konnte sich erinnern, daß er dieses Gefühl bereits einmal erlebt hatte, nachdem er einen Riedbock geschossen hatte.

Er hatte den Riedbock ausgenommen und war dabeigewesen, die Hinterläufe zusammenzubinden, um ihn über den Schultern nach Hause tragen zu können. Genau in diesem Augenblick war jenes merkwürdige Gefühl über ihn gekommen, ein Gefühl von Nähe und Eintracht mit dem toten Riedbock. Und jetzt, als er über dem Hirten stand und darangehen wollte, ihn ins Grab hinabzulassen, verspürte er dieses absonderliche Gefühl von Gemeinschaft mit den Toten erneut. Es war beängstigend.

Mitten in der Hitze des tropischen Mittags überlief ein Schauer Hendrik.

Wieder begann Piet Uys zu reden.

»Hast du die Mamba gesehen?« fragte er.

»Ja«, antwortete Hendrik knapp.

»Hat *er* die Mamba gesehen?« fragte Piet weiter.

»Nein«, antwortete Hendrik.

Es war Hendrik aufgefallen, daß Piet es unterließ, den toten Hirten bei seinem Namen zu nennen. Das war so eine unerklärliche Sache, überlegte Hendrik. Sobald ein Mann gestorben war, hatte man Angst, noch einmal seinen Namen zu nennen. Das war etwas höchst Eigentümliches.

»Ja, es heißt, das passiere häufig«, bemerkte Piet. Hendrik schreckte hoch. Aber Piets folgende Worte zeigten, daß er Hendriks Gedanken nicht gelesen hatte. Beunruhigend waren sie dennoch.

»Ja«, fuhr Piet fort, »es heißt, daß die Leute, die von einer Mamba gebissen werden, häufig sterben, ohne die Schlange überhaupt gesehen zu haben. Die Mamba kommt einfach hinter dir durchs Gras geglitten, und bevor du noch recht verstanden hast, was geschehen ist, ist sie schon wieder fort. Das Ganze kommt so plötzlich.«

Hendrik antwortete nicht. Aus irgendeinem Grund gönnte er Piet nicht die Genugtuung, bestätigt zu bekommen, daß seine Rekonstruktion des Zwischenfalls den Tatsachen entsprach. Nichtsdestoweniger war es genau so passiert. Der Hirte kam auf den Wagen zu. Er rief irgend etwas, nicht sehr laut. Und das nächste, was Hendrik sah, war ein braunes Geringel, das blitzschnell im Gras verschwand, und den Hirten, der neben dem Wagen zu Boden fiel und dann wie ein zuckendes Häufchen dalag. In der Erinnerung konnte Hendrik noch immer das Aufglitzern der Sonne auf dem glatten braunen Leib der Schlange sehen.

»Es heißt auch –«, fing Piet Uys wieder an.

Aber Hendrik unterbrach ihn. Er mochte den abfälligen Ton nicht, in dem Piet über diese Dinge redete. Ganz als wäre es etwas völlig Alltägliches, daß ein Mann so starb, durch einen Schlangenbiß, direkt vor ihren Augen, ohne daß er auch nur Zeit gehabt hätte, seinen Frieden mit Gott zu machen. »Du bist der Ältere von uns beiden, Oom Piet«, sagte Hendrik. »Möchtest du das Gebet sprechen?« Mittlerweile war der Leichnam in die Erde gesenkt worden.

Die weißen Männer standen nebeneinander auf der einen Seite des Grabs. Die Kaffern drängten sich in einem Haufen auf der anderen Seite. Sie waren alle barhäuptig. Piet Uys betete nur kurz.

»Amen«, sagte Hendrik, als Piet geendet hatte.

»Amen«, sprachen die Kaffern ihm verlegen nach, da sie sich mit den Begräbnissitten des weißen Mannes nicht auskannten. Sie waren Betschuanas und hatten eine andere Art, die Toten aus der Welt zu schaffen.

»Jedenfalls war er ein guter Kaffer«, sagte Piet Uys, während er eine Handvoll Erde ins Grab fallen ließ. »Wir wollen ihm auch einen Choral singen. Und zwar werden wir ›Ryst Myn Ziel‹ singen.«

Und so sangen die beiden Männer eine Strophe aus diesem Lied der niederländisch-reformierten Kirche, und die Kaffern summten mit, so gut sie konnten.

Dann wurde das Grab aufgefüllt, und die Beerdigung war zu Ende.

Hendrik van Jaarsfeld war froh, daß die Regenzeit herannahte und damit die Aussicht auf ein Ende der Dürre in Schweizer-Reneke. Dann würde er seinen Ochsenkarren anspannen und mit seinem Vieh zurücktrecken können. Es war unnatürlich, so alleine mit Piet Uys und den Kaffern im Busch zu leben. Er sehnte sich nach Gesellschaft.

Er kam zu dem Schluß, daß es sehr schwierig war, die ganze Zeit über nur einen einzigen weißen Mann zum Reden zu haben. Um so mehr, wenn dieser Mann Piet Uys war. Und dann sagte Piet auch so törichtes Zeug. Zum Beispiel hatte er nach dem Begräbnis des Hirten gesagt: »Weißt du, Hendrik, es heißt, der Blitz schlägt nie zweimal in dieselbe Stelle ein. Na, und mit den Mambas ist es genauso. Sie schlagen auch nie zweimal an derselben Stelle zu.«

Bei diesen Worten hatte Piet Hendrik auf die Schulter geklopft und erwartet, daß er mitlachte – was auch immer daran komisch gewesen sein sollte.

»Der ist gut, nicht wahr, Hendrik?« hatte Piet gesagt. »Und ich hab ihn mir ganz alleine ausgedacht.«

»Ich hoffe, wir sind zurück in Schweizer-Reneke, bevor du dir den nächsten ausdenkst«, hatte Hendrik geantwortet und dann schnell hinzugesetzt, weil Piet ihn fragend musterte: »Ich meine, damit du ihn mehr Leuten erzählen kannst.«

»Verstehe«, hatte Piet geantwortet und sich abgewandt.

Seit diesem Moment war ihre Beziehung angespannt gewesen.

Piet ging in den Busch, um zu jagen, und Hendrik war froh, alleine zu sein. Er setzte sich auf einen umgestürzten Baumstamm und blickte abwesend in die Richtung, in die Piet verschwunden war.

Ein Schuß ertönte, und das Echo hallte von Gipfel zu Gipfel über die Steppe. Hendrik wußte, es würde keine weiteren Schüsse geben. So war das mit Piet Uys. Der konnte voller Geduld stundenlang einem Bock nachstellen, und er feuerte nie, bevor er absolut sicher war zu treffen. Piet gab damit an, daß er immer nur mit einer einzigen Patrone in seiner Mauser auf die Jagd ging und daß er mit absoluter Gewißheit immer entweder einen Bock oder die heile Patrone zurückbrachte.

Angesichts der Entfernung, in der der Schuß ertönt war, rechnete Hendrik sich aus, daß Piet ziemlich bald zurück sein würde. Er freute sich nicht sonderlich darauf. Es war angenehm, alleine in der Sonne zu sitzen, auf einem Baumstamm, den die Termiten ausgehöhlt hatten.

Plötzlich, als er sich Piet vorstellte, wie der sich über den Bock beugte und mit seinem Jagdmesser das warme Fleisch aufschnitt, merkte Hendrik, daß ihn wiederum jenes Gefühl der Intimität mit toten Dingen überkam – jenes Gefühl, das Besitz von ihm ergriffen hatte, als er im Tal den Riedbock ausgeweidet hatte –, jenes Gefühl, das sich über ihn gelegt hatte, als er den toten Hirten in die Decke einschlug.

Er hatte Angst.

Er blickte sich um. Wenn er wenigstens einen Kaffer erblickte, würde er sich schon besser fühlen. Aber dann fiel ihm ein, daß die Kaffern alle mit dem Vieh fort waren. Er zitterte. Die Marico war ein ungesunder Ort zum Leben, dachte er. Sonne und Steine und Akazien. Zum Verrücktwerden. Nichts als Akazien und Steine und Sonne. Es war ein schöner Landstrich, um ab und an mal vorbeizukommen. Aber bleiben durfte man nicht lange. Und Gesellschaft mußte man haben. Man mußte jemanden um sich haben, der nicht so war wie Piet Uys.

Er stellte sich Piet vor, wie er, einen Bock über die Schultern gelegt, durch den Busch ging, und jeder Schritt brachte ihn näher. Nun ja, vielleicht war ja sogar Piet besser als diese tiefe Einsamkeit. Er starrte hinaus in den Busch. Jetzt müßte Piet bald hiersein.

Aber da würde auch der Bock sein, den Piet trug. Hendrik entschloß sich dazu, vielleicht zu versuchen, mit Piet über dieses absonderliche Gefühl zu reden, das ihn ab und an überkam. Vielleicht war es ja möglich, daß Piet verstand. Womöglich hatte er ja sogar selbst schon ähnliche Gefühlserfahrungen gemacht.

Ja, wenn Piet hier wäre, würde er mit ihm darüber reden.

Kurz darauf traf Piet ein. Hendrik sah ihn zwischen den Bäumen. Er nahm seinen Hut ab und winkte ihm damit zu. Piet winkte zurück. Plötzlich verspürte Hendrik einen unerträglichen Schmerz durch seine linke Hand schießen. Er sah, wie Piet sein Gewehr und den Bock fallen ließ und auf ihn zugerannt kam. Dann glitt Hendrik von dem Baumstamm und rollte im Gras hin und her, die Hand fest in die Achselhöhle gepreßt.

Schließlich lag er still, die Beine auf einem Ameisenhügel und den Kopf in einer Kuhle. Es war eine komische Art dazuliegen, dachte Hendrik. Aber noch merkwürdiger war, daß der Schmerz, der eine Zeitlang wieder und wieder durch seinen ganzen Körper geschossen war, ihn verlassen hatte. Er erinnerte sich noch daran, daß er die Hand in die Achselhöhle gesteckt hatte. Jetzt konnte er sie herausziehen und nachsehen, was diesen Schmerz verursacht hatte.

Aber er vermochte die Hand nicht zu bewegen. Das war seltsam. Er wollte sich aufsetzen. Aber das ging auch nicht.

»Piet«, versuchte er zu rufen. Aber seine Lippen bewegten sich nicht, und kein Laut drang aus ihnen hervor.

Das war merkwürdig, dachte Hendrik.

Und dann, als Piet herantrat und ganz langsam seinen Hut abnahm, verstand Hendrik van Jaarsfeld.

»Gott, wie schrecklich«, sagte Piet Uys. »Und wie leicht hätte es mir passieren können.«

Träume unterm Eukalyptus

WIR WAREN FROH, Adriaan Naudé und ich (sagte Oom Schalk Lourens), daß wir in der größten Mittagshitze dort ausruhen konnten, im Schatten der hohen Eukalyptusbäume, die eng beieinander am Straßenrand standen.

Ich saß im Gras und hatte Kopf und Schultern gegen einen großen Stein gelehnt. Adriaan Naudé, der sich zunächst, die Beine gekreuzt, die Ellbogen ausgestreckt und die Hände hinter dem Kopf gefaltet, gegen einen Stamm gelehnt hatte, ließ sich schrittweise auf die Erde nieder; eine Weile lang verblieb er in der Hocke, dann seufzte er und streckte sich ganz vorsichtig nach vorn aus, bis er in voller Länge ausgestreckt dalag, das Gesicht im Gras.

Und während dieses gesamten Prozesses murmelte Adriaan Naudé etwas davon, wie faul die Kaffern seien, und davon, daß der Kaffer Jonas schon längst mit dem Maultierkarren hätte zurück sein müssen, und davon, daß man, wenn man wolle, daß eine Arbeit ordentlich getan werde, sie selbst tun müsse. Ich stimmte mit Adriaan Naudé überein, daß Jonas schon reichlich lange fort war, um den Maultierkarren zu holen, jetzt müßte er eigentlich bald kommen, sagte ich.

»Der Fluch Transvaals«, erklärte Adriaan Naudé, indem er sich noch weiter im Gras ausstreckte und dabei gähnte, »der Fluch Transvaals ist die Trägheit der Kaffern.«

»Genau, Neef Adriaan«, antwortete ich. »Du hast völlig recht. Es wäre vielleicht besser gewesen, wenn einer von uns mit Jonas in dem Maultierkarren mitgefahren wäre.«

»Für dich schaut es ja auch nicht so schlecht aus, Neef Schalk«, fuhr Adriaan Naudé fort und gähnte erneut. »Du hast da einen großen und bequemen Stein, gegen den du deinen Kopf und deine Schultern lehnen kannst. Wogegen ich hier flach im Gras liegen muß, so daß alle die scharfen Halme mich stechen. Aber so bist du immer, Neef Schalk. Du nimmst immer das Beste für dich.«

An der völligen Sinnlosigkeit seiner Bemerkungen konnte ich erkennen, daß Adriaan Naudé dabei war einzunicken.

»Aber so bist du immer«, fuhr Adriaan fort. »Das ist eine deiner Charakterschwächen. Das Beste immer für sich selbst reservieren. Da gab es doch einmal diese Geschichte in Zeerust, zum Beispiel. Darauf kommen die Leute immer wieder zurück, wenn sie darüber sprechen wollen, wie tief ein Mann sinken kann …«

Ich spürte, daß die Mittagshitze und der Zustand des Halbschlafs, in dem er sich befand, Adriaan Naudé womöglich dazu bringen würden, Dinge zu sagen, die ihm später zweifellos leid tun würden. Also unterbrach ich ihn und sprach zu seinem eigenen Besten ganz ernst mit ihm.

»Es stimmt schon, Neef Adriaan«, sagte ich, »daß dieser Stein, gegen den ich hier lehne, der einzige in der Umgebung ist. Aber dafür kann ich nun genausowenig wie dafür, daß dieser Eukalyptushain hier steht. Das ist übrigens merkwürdig, daß diese ganzen Eukalyptusbäume gerade hier am Straßenrand stehen, wo doch die gesamte Steppe ringsum baumlos ist. Ich frage mich, wer sie wohl gepflanzt hat. Was nun diesen Stein betrifft, Neef Adriaan, so ist es nicht meine Schuld, daß ich ihn als erster bemerkt habe. Das war nichts als Glück. Aber du kannst deine Pfeife daran ausklopfen, wann immer du willst.«

Dieses Angebot schien Adriaan zufriedenzustellen. Jedenfalls fuhr er nicht mit unserer Meinungsverschiedenheit fort. Ich bemerkte, daß seine Atmung sehr langsam und tief und regelmäßig geworden war, und die letzte Bemerkung, die er machte, war ein solches Gemurmel, daß sie fast nicht mehr zu verstehen war. Er sagte: »Zu denken, daß ein weißer Mann so tief sinken kann.«

Daraus schloß ich, daß Adriaan Naudé irgend etwas träumte.

Es war sehr angenehm dort, im gelben Gras, am Straßenrand, unter den Eukalyptusbäumen, deren Schatten langsam länger wurden, während die Mittagsstunde in den Nachmittag überging. Nirgendwo ein Geräusch oder eine Bewegung. Die ganze Welt ruhte aus in der Stille des Staubs der verlassenen Straße, im Frieden des Schattens der Eukalyptusbäume. Die gemessenen Atemzüge meines Kameraden schienen aus weiter Ferne zu kommen.

Und dann geschah etwas Seltsames.

Das Bemerkenswerteste an der Begebenheit, die ich euch jetzt erzählen werde, ist, daß sie euch klar und deutlich zeigt, wie kurz ein Traum ist. Und wieviel man in wenigen Augenblicken träumen kann. In zweiter Linie beweist diese Geschichte, wie ihr sehen werdet, wenn ich an ihr Ende gekommen sein werde, daß mitten im hellsten Tageslicht sich das Sonderbarste ereignen kann – vor euren Augen sozusagen – und daß man sich den Rest seines Lebens darüber wundern kann, ohne es doch je zu verstehen.

Also, wie ich schon sagte, da Adriaan Naudé schlafend ein paar Fuß von mir entfernt lag und alles so ruhig war, war ich kurz davor, selbst einzuschlummern, als ich in der Entfernung – so winzig, daß ich kaum seine Umrisse wahrnahm – unseren Maultierkarren entdeckte, auf dessen Rückkehr Adriaan und ich gewartet hatten. Von da, wo ich lag, den Kopf gegen den Stein gelehnt, hatte ich klare Sicht auf die gesamte Straße, bis dorthin, wo sie hinter der Kuppe verschwand.

Eine Weile lag ich so und beobachtete, wie der Karren sich näherte. Wie gesagt, er war noch immer sehr weit fort. Aber langsam kam er näher, und ich konnte mehr Einzelheiten erkennen. Die dunklen Umrisse der Maultiere. Die schemenhafte Silhouette von Jonas, dem Kutscher.

Aber während ich so spähte, spürte ich, wie meine Lider immer schwerer wurden. Ich sagte mir, daß ich bei dem Sonnenglast auf der Straße die Augen nicht sehr viel länger würde offen halten können. Und ich erinnere mich noch, daß ich dachte, wie dumm es wäre, jetzt einzuschlafen, wo der Maultierkarren doch nur noch ein kurzes Stück entfernt war. Gleich wäre er da, und ich würde wieder aufwachen müssen. Ich sagte mir, ich sei doch verrückt – und natürlich schlief ich dann doch ein.

Es geschah, während ich mir immer noch sagte, daß der Maultierkarren in wenigen Augenblicken im Schatten der Eukalyptusbäume anhalten würde, daß meine Augen zufielen und ich einschlief. Und dann begann ich zu träumen. Und daraus wird denn auch deutlich, wie rasch so ein Traum geht und wieviel man in wenigen Augenblicken träumen kann.

Denn mir war der genaue Moment bewußt, in dem ich zu träumen begann. Das war, als ich sehr konzentriert auf den Kutscher des Maultierkarrens blickte und plötzlich zu meinem größten Erstaunen sah, daß dieser Kutscher nicht mehr Jonas war, der Kaffer, sondern Adriaan Naudé. Und neben Adriaan Naudé saß ein Mädchen in einem weißen Kleid. Sie hatte blondes Haar, das ihr weit über die Schultern hinabhing, und sie hieß Francina.

Keine Minute später hielt der Maultierkarren an, Jonas sprang ab und band die Zügel an einem Wagenrad fest.

Es passierte also in diesen flüchtigen Sekunden, daß ich von Adriaan Naudé und Francina träumte.

»Es ist kaum zu glauben, Francina«, sagte Adriaan Naudé und machte eine Kopfbewegung in meine Richtung, »es ist kaum zu glauben, daß ein weißer Mann so tief sinken kann. Wenn ich dir erzählen würde, was in Zeerust passiert ist –«

Langsam wurde ich wütend. Schließlich war Francina eine vollkommen Fremde, und Adriaan hatte nicht das Recht, mich so zu verleumden. Außerdem hatte ich eine ganz einfache Erklärung für jenen Vorfall in Zeerust. Ich spürte, daß ich, könnte ich mit Francina nur ein paar Augenblicke alleine sein, in der Lage wäre, sie zu überzeugen, daß das, was in Zeerust vorgefallen war, überhaupt nicht gegen mich sprach.

Und nicht nur das: Ich würde ihr auch ein, zwei Dinge über Adriaan erzählen können, und zwar solch häßliche Dinge, daß selbst wenn sie ihm, was die Sache in Zeerust anging, Glauben schenken würde, das keinerlei Bedeutung mehr hätte. Denn verglichen mit Adriaan Naudé würde selbst die niedrigste Sorte Mensch noch so nobel und heldenhaft wirken wie Wolraad Woltemade, von dem man in jedem Schulbuch lesen kann.

Aber ich hatte noch kaum begonnen, zu Francina zu sprechen, da wurde mir schon klar, daß ich nichts zu sagen brauchte. Sie legte mir die Hand auf den Arm und blickte mich an, und die Sonne spielte auf ihrem Haar, und der Schatten der Eukalyptusbäume lag auf ihren Augen, und an der Art, wie sie lächelte, wußte ich, daß nichts, was Adriaan über mich sagen mochte, ihr irgend etwas bedeuten würde.

Außerdem war Adriaan Naudé auch verschwunden. Ihr wißt ja, wie das in einem Traum geht. Er hatte sich vollkommen in

Luft aufgelöst und Francina und mich alleine am Straßenrand zurückgelassen. Und ich wußte, daß Adriaan Naudé uns nicht mehr stören würde. Der einzige Grund, warum er überhaupt hiergewesen war, war der, mir Francina zu bringen. Und dennoch bedauerte ich sein Verschwinden gewissermaßen. Es war fast zu einfach gegangen. Da waren ein paar Dinge, die, fand ich, Francina unbedingt über Adriaan Naudé wissen sollte.

Dann veränderte sich plötzlich alles. Ich schien zu wissen, daß es sich nur um einen Traum handelte und daß ich nicht wirklich mit Francina unter den Bäumen stand. Ich schien zu wissen, daß ich in Wirklichkeit im Gras lag und Kopf und Schultern gegen einen Stein gelehnt hatte. Ich konnte sogar hören, wie der Maultierkarren über den holprigen Teil der Straße rumpelte.

Aber in der Sekunde darauf träumte ich wieder.

Ich träumte, daß Francina mir auf freundliche und traurige Art erklärte, daß sie nicht länger bleiben könne und daß sie die Hand zum letzten Mal auf meinen Arm gelegt hätte, als Abschiedsgruß; sie sagte, ich dürfe ihr nicht folgen, sondern müsse die Augen schließen, wenn sie sich fortwandte, denn niemand dürfe wissen, woher sie gekommen sei.

Während sie mir all das sagte, fiel mein Blick auf ihr Kleid, das in der Sonne leuchtete. Es schien jedoch ein altmodisches Kleid zu sein, die Art, die man vor langer Zeit getragen hatte. Dann, im selben Moment, sah ich ihr Gesicht, und es kam mir so vor, als sei auch ihr Lächeln irgendwie altmodisch. Es war ein liebliches Lächeln, und ihr nach oben gewandtes Gesicht besaß eine merkwürdige Schönheit, aber zugleich hatte ich das absurde Gefühl, daß Frauen vor sehr langer Zeit auf diese Weise gelächelt hatten.

Es war ein sehr intensiver Traum. Teilweise wirkte er realer als das wirkliche Leben, das passiert häufig, wenn man in der Steppe kurz einnickt und in der Mittagshitze einen Traum hat.

Ich fragte Francina, wo sie lebe.

»Nicht weit von hier«, sagte sie, »nein, gar nicht weit. Aber du darfst mir nicht folgen. Niemand darf mit mir zurückgehen.«

Sie lächelte noch immer auf diese Weise, in der Frauen vor langer Zeit gelächelt hatten, aber während sie noch sprach, stieg ein derartiger Ausdruck tiefsten Grams in ihre Augen, daß ich Angst hatte zu fragen, warum ich sie nicht begleiten dürfe. Und als sie mir befahl, die Augen zu schließen, hatte ich nicht die Kraft zu protestieren.

Und natürlich schloß ich die Augen nicht. Statt dessen öffnete ich sie. Genau in dem Moment, als Jonas vom Maultierkarren absprang, um die Zügel an eines der Wagenräder zu binden.

Adriaan Naudé wachte etwa im selben Moment auf wie ich und fragte Jonas, warum er so lange fort gewesen sei, und redete dann noch weiter über die Trägheit der Kaffern. Und ich stand aus dem Gras auf, streckte mich und dachte über Träume nach. Es kam mir unglaublich vor, daß ich in so kurzer Zeit so viel geträumt haben konnte.

Und in meinem Herzen saß eine merkwürdige Art von Trauer darüber, daß der Traum zu Ende war. Ich hatte das Gefühl eines tiefen Verlusts. Ich sagte mir, daß es kindisch war, eines Traumes wegen solche Gefühle zu haben. Obwohl es ein besonders lebhafter Traum gewesen war und ein Teil davon mir realer als das richtige Leben vorgekommen war.

Dann, als wir fertig zur Abfahrt waren, zog Adriaan Naudé seine Pfeife hervor. Bevor er sie stopfte, bückte er sich, als wollte er sie ausklopfen, wie ich ihn zu tun eingeladen hatte, bevor wir einschliefen. Aber dann geschah etwas, das Adriaan Naudé davon abhielt, in diesem Moment oder irgendwann später seine Pfeife an diesem Stein auszuklopfen.

»Das ist ja merkwürdig«, hörte ich Adriaan sagen, während er sich nach vorn beugte.

Ich sah, was er vorhatte, also kniete ich mich hin und half ihm. Als wir die dicken, gelben Grasbüschel und das tote Laub am Fuß des Steines weggeräumt hatten, sahen wir, daß die Inschrift, obwohl verwittert, gut lesbar war. Sie war in ganz einfachen Worten gehalten. Es war nur ein in den Stein geritztes Datum. Und unter dem Datum stand ein Name: Francina Malherbe.

Das Grammophon

DAS WAR EINE SCHEUSSLICHE SACHE, die da mit Krisjan Lemmer passiert ist, sagte Oom Schalk Lourens. Natürlich war sie auch für mich ziemlich übel, aber für Krisjan war sie viel schlimmer.

Ich erinnere mich gut, wann das passiert ist, denn es war zu der Zeit, als das erste Grammophon in der Steppe der Marico auftauchte. Krisjan kaufte die Maschine einem jüdischen Händler aus Pretoria ab. Eigentlich verrückt, wenn man darüber nachdenkt: Wenn es irgend etwas gibt, das wir Buren nicht wollen, dann kann man sicher sein, daß die jüdischen Händler es bei uns vorbeibringen, und ebenso sicher, daß wir es dann kaufen.

Ich weiß noch, wie ich lachte, als ein Jude einmal zu mir nach Hause kam, mit einem hohlen Glas, in dem ein Haufen silbriges Zeug war. Der Jude erklärte mir, daß das Silber in dem Glas sich nach oben und unten bewege, um einem zu zeigen, ob es warm oder kalt war. Natürlich erklärte ich, daß das völliger Unfug sei. Ich weiß, wann es kalt genug ist, daß ich mein Wollhemd und meine Jacke anziehen muß, ohne daß ich vorher erst hingehen und mir dieses Glas ansehen müßte. Und ich weiß auch, wann es zu heiß zum Arbeiten ist, und das ist hier in der Steppe der Marico fast das ganze Jahr über der Fall. Schließlich kaufte ich das Ding. Aber es war nie wieder dasselbe, nachdem die kleine Annie ihren Kaffee damit umgerührt hat.

Jedenfalls, könnten die Juden uns auch noch den Milzbrand

bringen, dann würden wir ihn denen ebenfalls abkaufen und eine anständige Anzahlung darauf leisten und den Rest begleichen, sobald all unser Vieh tot ist.

Und so kam es, daß Krisjan Lemmer, als ein Händler ihm ein Grammophon aus zweiter Hand anbot, ein paar Schafe verkaufte und das Ding erstand. Aus vielen Meilen im Umkreis kamen die Leute, um die Maschine sprechen zu hören. Krisjan war sehr stolz auf sein Grammophon, und wenn er die Kurbel drehte und die kleinen, scharfen Nadeln einsetzte, dann sah es ganz so aus, als habe ein Kind ein neues Spielzeug gefunden. Die Leute, die kamen, um sich das Grammophon anzuhören, sagten, es sei das reine Wunder, was für Dinge Menschen erfinden würden, sobald der Teufel einmal richtig von ihnen Besitz ergriffen habe. Sie meinten, der Teufel habe, wenn schon sonst nichts, zumindest ein gut funktionierendes Hirn. Ich fand es auch ein reines Wunder, nicht daß das Grammophon sprechen konnte, sondern daß Leute sich anhören wollten, wie es etwas tat, das jedes siebenjährige Kind ebensogut tun kann. Die meisten Lieder, die das Grammophon spielte, waren auf englisch. Aber es gab ein Lied auf afrikaans. Das war »O Brandewyn laat my staan«. Krisjan spielte es häufig, der Mann auf der runden Platte sang es recht gut. Nur seine Art, die Worte auszusprechen, hörte sich an, als sei er ein Deutscher, der versuchte, »O Brandewyn laat my staan« englisch klingen zu lassen. Das war typisch Rotnacken, dachte ich. Zuerst nahmen sie uns unser Land und regierten es besser, als wir es selbst vermochten, und jetzt versuchten sie auch noch, unsere Sprache für uns zu verbessern.

Aber wenn die Leute schon viel über Krisjan Lemmers Grammophon redeten, dann redeten sie noch viel mehr über das unglückliche Eheleben von ihm und seiner Frau. Krisjan Lemmer war damals etwa fünfunddreißig. Er war ein großer, kräftig gebauter Mann, und wenn er sich bewegte, konnte man sehen, wie seine Schultermuskulatur unter seinem Hemd arbeitete. Außerdem war er ein erstaunlich gutmütiger Mensch, der sich selten über etwas aufregte. Sogar während der Großen Dürre, als er den ganzen Tag über Wasser für sein Vieh pumpen mußte und dann die Pumpe kaputtging, so daß er seinem Vieh nichts mehr zu trinken geben konnte, ging er einfach ins Haus, zündete sich eine Pfeife an und sagte, es sei der Wille des Herrn. Er meinte, vielleicht sei es ganz gut, daß die Pumpe kaputtgegangen war, denn wenn der Herr gewollt hätte, daß das Vieh Wasser bekam, so hätte er erst gar nicht die Dürre geschickt. So ein Mann war Krisjan Lemmer. Und er hätte die Pumpe im Leben auch nicht mehr angefaßt, wäre am nächsten Tag nicht Regen gefallen, wodurch Krisjan erfuhr, daß der Herr ihm klarmachen wollte, die Dürre sei nunmehr zu Ende. Wenn ihn aber doch irgend etwas ärgerte, dann wurde er böse.

Aber das Unglückselige an Krisjan Lemmer war, daß er mit seiner Frau Susannah nicht zurechtkam. Sie stritten sich ohne Unterlaß. Susannah war, wie wir wußten, ein Gutteil jünger als ihr Mann, aber oft sah sie nicht viel jünger aus. Sie war klein und hübsch. Ihre Haut war von der Steppensonne kaum gebräunt, denn sie trug stets einen sehr breiten Hut, dessen Krempe sie über die obere Hälfte ihres Gesichts zog, wann immer sie aus dem Haus ging. Ihr Haar hatte die Farbe der Härchen, die man an den gelben Maiskolben sehen kann, wenn sie gerade reif geworden sind. Sie war ein sehr stiller Mensch. In Gesellschaft machte sie kaum je den Mund auf, außer um zu erklären, daß der indische Händler in Ramoutsa geröstete Affenbrotbaumwurzeln in den Kaffee mische, den er uns verkaufte, oder daß die Radspeichen des Maultierkarrens locker würden, wenn man kein Wasser darübergoß.

Ihr versteht: Was sie sagte, waren Dinge, die jedermann wußte und über die daher niemand diskutierte. Sogar der indische Händler selbst bestritt die Affenbrotbaumwurzeln nicht. Er wußte, sie waren das Beste an seinem Kaffee. Und obwohl sie also so still und unaufdringlich war, stritt sich Susannah ohne Unterlaß mit ihrem Mann. Das war natürlich sehr töricht von ihr, um so mehr, als Krisjan ein Mann von sanftmütigem Benehmen war, solange ihn nicht jemand mit Absicht ärgerte. Dann war er nicht mehr so sanftmütig. Da gab es zum Beispiel die Geschichte mit dem Häuptling der Mtosa-Kaffern, der ihm in der Steppe begegnete und »Guten Morgen« sagte, ohne das Leopardenfell vom Kopf zu nehmen oder Krisjan »Baas« zu nennen. Der Richter verurteilte Krisjan zu zehn Pfund Strafe, und er mußte für die ganzen drei Monate, die der Mtosa-Häuptling am Stock ging, die Arztkosten bezahlen.

Einmal ging ich zu Krisjan Lemmers Farm, um mir eine Rolle Draht für die Heuballen auszuborgen. Krisjan war soeben in die Berge aufgebrochen, um zu versuchen, einen Riedbock zu schießen. Susannah war alleine zu Hause. Ich konnte sehen, daß sie geweint hatte. Also setzte ich mich neben sie auf die Korbbank und nahm ihre Hand in meine.

»Weine nicht, Susannah«, sagte ich, »es kommt schon alles in Ordnung. Du mußt nur lernen, Krisjan ein wenig besser zu verstehen. Er ist auf seine Art kein schlechter Kerl.«

Zuerst war sie wütend auf mich, weil ich schlecht über Krisjan redete, und sagte mir, ich solle nach Hause gehen. Aber später reagierte sie vernünftiger und gestattete mir auch, ein wenig näher zu ihr zu rücken und ihre Hand ein wenig fester zu halten. So tröstete ich sie.

Vielleicht würde ich sie sogar noch etwas mehr getröstet haben, aber ich war nicht sicher, wie lange Krisjan auf dem Berg bleiben würde; außerdem mißfiel mir, was mit dem Häuptling der Mtosa-Kaffern passiert war.

Ich bat sie, für mich etwas auf dem Grammophon zu spielen, nicht weil ich etwas hören wollte, sondern weil man immer so tut, als sei man an den Dingen interessiert, welche den Freunden Spaß machen, vor allem, wenn man eine Rolle Draht für Heuballen von ihnen borgen will. Wenn mich jemand besucht und meinen jüngsten Sohn Willie dazu überredet, Bibeltexte zu rezitieren, dann weiß ich, daß er, bevor er geht, mich fragen wird, ob ich diese Woche meine Pflanzmaschine brauche.

Also legte Susannah die runde Platte auf das Ding und drehte die Kurbel, und das Grammophon spielte »O Brandewyn laat my staan«. Man konnte nicht recht verstehen, was der Mann sang, aber das habe ich ja alles bereits erzählt.

Susannah lachte beim Zuhören, und in diesem Moment wirkte sie irgendwie sehr viel jünger als ihr Mann. Und sehr schön sah sie auch aus. Aber ich bemerkte auch, daß sie, als die Musik aufhörte, zu weinen schien.

Dann trat Krisjan ein. Ich ging kurz darauf. Aber ich hatte seine Schritte den Weg entlangkommen hören, also war es nicht nötig, überstürzt aufzubrechen.

Kurz bevor ich jedoch ging, brachte Susannah Kaffee. Es war ein dünner Kaffee, aber ich machte darüber keine Bemerkungen. Was das betrifft, ähnele ich den Engländern. Sie nennen das Manieren. Wenn ich fremde Leute besuche und sie geben mir miserablen Kaffee, dann spucke ich ihn nicht aus und sage, daß das Zeug ja nicht einmal für Kaffern tauge. Ich trinke ihn einfach runter und besuche dann eben dieses Haus nicht noch einmal. Aber Krisjan sprach die Sache an.

»Vrou«, sagte er, »der Kaffee ist dünn.«

»Ja«, antwortete Susannah.

»Er ist sehr dünn«, fuhr er fort.

»Ja«, erwiderte sie.

»Warum mußt du immer …«, begann Krisjan.

»Ach, fahr zur Hölle«, sagte Susannah.

Dann ging es los, und sie beschimpften einander, so daß sie mich noch nicht einmal hörten, als ich zum Abschied, so wie es in der Steppe Sitte ist, sagte: »Auf Wiedersehn und möge der Herr uns alle segnen.«

Als ich das nächste Mal, ungefähr drei Monate später, erneut mit dem Maultierkarren zu Krisjan Lemmers Haus fuhr, war es finstere Nacht. Ich hatte vor, früh am Morgen mit einer Ladung Mais nach Zeerust zu fahren, und wollte Krisjans Plane ausborgen. Bevor ich die halbe Strecke zu seinem Haus zurückgelegt hatte, begann es zu regnen. Dicke Tropfen fielen mir aufs Gesicht. Irgend etwas am Geräusch des Windes in den nassen Bäumen war sonderbar, und als ich durch die Schlucht fuhr, wo die Staatsstraße entlang der Dwarsberge führt, kam mir die Gegend extrem dunkel vor. Ich dachte an den Tod und derartige Dinge. Ich dachte an bleiche, schreckliche Gespenster, die sich einem von hinten nähern – und zwar ganz plötzlich. Ich bereute es, keinen Kaffer mitgenommen zu haben. Nicht daß ich Angst gehabt hätte, alleine zu sein, aber es wäre praktisch gewesen, auf dem Rückweg einen Kaffer zu haben, der hinten auf dem Maultierkarren hockte und auf die Plane achtgab.

Der Regen hörte auf.

Ich erreichte den Friedhof der Farm, auf dem Mitglieder der Lemmer-Familie und anderer Familien begraben lagen, die hier vor den Lemmers gelebt hatten, und ich wußte, daß ich mich dem Hause näherte. Ich fand es eine sehr törichte Idee, einen Friedhof so nah an die Straße zu setzen. Das ist unvernünftig. Denn es gibt beispielsweise Leute, die ungebildet sind und ein wenig abergläubisch, und die könnten leicht anfangen zu zittern, vor allem, wenn es eine dunkle Nacht ist und Wind geht und der Maultierkarren holpert.

Im Lemmerschen Haus brannte kein Licht, als ich dort ankam. Ich klopfte lange, bevor die Tür aufgetan wurde, und dann war es Krisjan Lemmer, der im Türrahmen stand und eine Laterne über dem Kopf hielt. Er wirkte zunächst sehr erregt, bis er erkannte, wer da war. Dann aber lächelte er.

»Komm rein, Neef Schalk«, sagte er. »Freut mich, daß du hier bist. Ich hab schon angefangen, mich einsam zu fühlen, weißt du, bei dem Regen und dem Wind und –«

»Aber du bist doch nicht alleine«, erwiderte ich. »Was ist denn mit Susannah?«

»Oh, Susannah ist zu ihrer Mutter zurückgegangen«, antwortete Krisjan. »Sie ist gestern fort.«

Wir gingen in die Stube und setzten uns. Krisjan Lemmer zündete eine Kerze an, und wir unterhielten uns und rauchten. Die Fensterscheiben sahen schwarz aus gegen die Nacht. Der Wind pfiff lärmend durch Ritzen zwischen der Mauer und dem strohgedeckten Dach. Die Kerzenflamme flackerte unstet. Es konnte keine Freude für Krisjan Lemmer sein, alleine und ohne seine Frau in diesem Haus zu hocken. Er sah unruhig und unbehaglich aus. Ich versuchte darüber zu scherzen.

»Was ist los mit dir, Krisjan?« fragte ich. »Du siehst so unglücklich aus, daß man glatt denken könnte, deine Frau wäre immer noch hier.«

Krisjan lachte, aber ich wollte, er hätte es nicht getan. Sein Gelächter klang nicht natürlich, es war viel zu laut. Aus irgendeinem Grunde überlief es mich kalt. Das Ganze war eine beängstigende Situation: draußen der unablässig wehende Wind, und drinnen ein Mann, der viel zu laut lachte.

»Laß uns was auf dem Grammophon spielen, Krisjan«, sagte ich.

Mittlerweile konnte ich das Ding selbst bedienen. Ich steckte also eine der kleinen Nadeln hinein und warf es an. Zuvor jedoch hatte ich das Grammophon vom Tisch genommen und vor meinem Stuhl auf den Boden gestellt, wo ich leichter drankam.

Es war nicht das Gleiche, jetzt da Susannah nicht mehr da war. Im übrigen kam es mir komisch vor, daß sie so plötzlich fortgegangen sein sollte. Und es konnte kein Zweifel daran bestehen, daß Krisjan sich auf eine merkwürdige Weise benahm, die mir nicht gefiel. Er war unruhig. Als er seine Pfeife anzünden wollte, mußte er eine ganze Menge Streichhölzer anreißen. Und die ganze Zeit blies der Wind lärmend ums Haus.

Das Grammophon begann zu spielen.

Es war die Platte »O Brandewyn laat my staan«.

Ich mußte an Susannah denken und daran, wie sie vor drei Monaten diesem Lied gelauscht hatte. Ich warf einen raschen Blick auf Krisjan, und kaum bemerkte er es, sah er weg. Ich war froh, als das Grammophon zu Ende gespielt hatte. Und irgend etwas an Krisjans Art gab mir das Gefühl, auch er sei froh darüber. Er verhielt sich sehr merkwürdig, was Susannah betraf.

Und plötzlich kam mir ein entsetzlicher Gedanke.

Ihr wißt doch: Manchmal kommt einem so ein Gedanke, und man weiß, daß er stimmt.

Ich stand schwankend auf und nahm meinen Hut. Dann sah ich, daß überall um die Stelle herum, wo ich das Grammophon abgestellt hatte, der Erdboden des Zimmers gelockert und dann wieder festgestampft worden war. Die Kerze warf einen flackernden Schein über den Boden und die Erdklumpen, die nicht säuberlich festgetreten worden waren.

Ich fuhr ohne die Plane nach Hause.

Drieka und der Mond

WENN DER MOND VOLL IST, ist er auf sonderbare Weise verhext, bemerkte Oom Schalk Lourens, und das gilt vor allem für den Mond, der sommers über dem Tal vor den Dwarsbergen hängt. Er treibt seltsame Dinge mit dem Gemüt, dieser Marico-Mond, das Herz entwickelt wilde und üppig duftende Launen, und die Gedanken wandern in weite Fernen. Und wenn man dann eine Weile auf der vorderen Veranda gesessen und diese Gedanken gedacht hat, dann seufzt man tief und murmelt etwas darüber, daß die Welt halt so ist, wie sie ist, und dann trägt man seinen Stuhl nach drinnen.

Ich habe den Mond auch an anderen Orten als der Marico gesehen. Aber dort ist es nicht dasselbe.

Braam Venter, der Mann, der einmal in der Nähe von Nietverdiend vom Lastwagen der Regierung gefallen ist, sagt, der Mond in der Marico sei wie eine Frau, die grüne Blumen auf ein Grab lege. Braam Venter sagt häufig solche Sachen. Vor allem seit er von dem Lastwagen gefallen ist. Es heißt, er sei auf dem Kopf aufgekommen.

Jedesmal wenn der Mond in ganzer Fülle leuchtet, tut er unserem Herzen irgend etwas an, worüber wir uns hinterher ungeheuer Gedanken machen, aber was wir nie verstehen werden. Jedesmal weckt er Erinnerungen. Und merkwürdig ist, wie unterschiedlich diese Erinnerungen bei jedem von uns ausfallen.

Johannes Oberholzer sagt, der Vollmond erinnere ihn immer an das eine Mal, als er Vieh über die Grenze zu Betschuanaland schmuggelte. Er sagt, er könne keinen Vollmond sehen, ohne daran denken zu müssen, wie dessen Licht auf der stählernen Drahtzange glänzte, die er in Händen hielt, als zwei berittene Polizisten sich ihm näherten. Auch in der darauffolgenden Nacht hatte Johannes Oberholzer gute Sicht auf den Vollmond: er sah ihn durch das Fenster des Zimmers, in dem er war. Er sagt, der Mond sei sehr groß und sehr gelb gewesen, mit Ausnahme der schwarzen Längsstreifen davor.

Und es war auch im Licht des Vollmondes, der über den Akazien hing, daß ich Drieka Breytenbach erblickte.

Drieka war hochgewachsen und schlank. Sie hatte blondes Haar und blaue Augen, und eine Menge Leute waren der Ansicht, sie sei die schönste Frau in der Marico. Ich war genau derselben Meinung in jener Nacht, als ich sie unter dem Vollmond bei den Akazien traf. Sie lebte noch nicht lange Zeit in der Steppe. Ihr Mann, Petrus Breytenbach, hatte sie im Schweizer-Reneke-Distrikt, wohin er während der Großen Dürre eine Zeitlang mit seinem Vieh gezogen war, kennengelernt und geheiratet.

Später, als Petrus Breytenbach von einem Kaffer, der auf seiner Farm arbeitete, mit seiner eigenen Mauser totgeschossen worden war, ging Drieka zurück nach Schweizer-Reneke und verließ die Marico auf so merkwürdige und stille Weise, wie sie auch dorthin gekommen war.

Und mir schien es so, als sei die Marico ein anderer Ort geworden, weil Drieka Breytenbach fortgegangen war. Und ich mußte an den Mond denken und die Streiche, die er den Sinnen spielt, und den stürmischen Zauberbann, in den er das Herz schlägt. Und ich mußte daran denken, was Braam Venter gesagt hatte, daß der Vollmond wie eine Frau sei, die grüne Blumen auf ein Grab legt. Und es kam mir so vor, als seien Braam Venters Worte letztlich doch kein solcher Unsinn und es könnten einem Mann schlimmere Dinge geschehen, als von einem Lastwagen zu fallen und mit dem Kopf aufzukommen. Und ich dachte noch über andere Dinge nach.

Aber all das geschah erst hinterher.

Als ich Drieka in jener Nacht erblickte, da lehnte sie an einem Akazienstamm am Straßenrand, dort wo es zur Furt hinuntergeht. Aber zunächst erkannte ich sie nicht. Alles, was ich sah, war eine weißgekleidete Gestalt mit langem Haar, das offen über die Schultern hinabhing. Es kam mir sehr merkwürdig vor, daß dort mitten in der Nacht eine Gestalt herumstehen sollte. Ich erinnerte mich an gewisse Geschichten über weiße Gespenster, die ich gehört hatte. Außerdem erinnerte ich mich daran, daß ich ein paar Meilen zuvor einen Felsbrocken gesehen hatte, der mitten auf der Straße lag. Es war ein recht großer Felsbrocken gewesen, der vorüberfahrenden Maultierkarren gefährlich werden konnte. Also entschloß ich mich, auf der Stelle dorthin zurückzureiten und ihn aus dem Weg zu räumen.

Es war ein ziemlich rascher Entschluß, das mit dem Felsbrokken. Und es war ein so fester Entschluß, daß der Sattelgurt entzweiging, so plötzlich riß ich mein Pferd herum. Dann näherte die Gestalt sich, und ich erkannte, daß es Drieka Breytenbach war.

»Guten Abend«, antwortete ich auf ihre Begrüßung. »Ich wollte gerade zurückreiten, weil mir etwas eingefallen ist.«

»Etwas über Gespenster?« fragte sie.

»Nein«, erwiderte ich wahrheitsgemäß, »etwas über einen Felsbrocken auf der Straße.«

Darüber mußte Drieka lachen. Also lachte ich auch. Und

dann lachte Drieka wieder. Und dann wieder ich. Um die Wahrheit zu sagen, lachten wir eine ganze Menge, wir beide. Ich stieg von meinem Pferd und stellte mich im Mondlicht neben Drieka. Und wäre in diesem Moment jemand vorbeigekommen und hätte gesagt, daß der Maultierkarren des Predigers wegen des Felsbrockens auf der Straße umgekippt wäre, ich hätte sogar noch mehr gelacht.

Solche Sachen macht der Mond in der Marico nämlich mit einem, wenn er voll ist.

Ich kam nicht auf den Gedanken, Drieka danach zu fragen, wie sie hierhergekommen sei oder warum ihr Haar offen hinabhing oder auf wen sie unter der Akazie gewartet hatte. Es war genug, daß der Mond da hing, groß und gelb über der Steppe, und daß der Wind sanft durch die Bäume wehte und übers Gras und über Driekas weißes Kleid und den verrückten Gesang der Sterne hinweg.

Bevor ich noch wußte, wie mir geschah, saßen wir im Gras unter der Akazie, deren Äste über die Straße hingen. Und ich weiß noch, daß wir eine ganze Weile so blieben, ohne zu reden, daß wir einfach Seite an Seite im Gras saßen und unsere Füße im weichen Sand ausstreckten. Und Drieka lächelte mich mit verschleierten Augen an, und ich konnte sehen, wie schön sie war.

Ich spürte, daß es nicht genug war, dort einfach stumm sitzenzubleiben. Ich wußte, daß eine Frau – selbst so eine Mondgeburt wie Drieka – von einem Mann mehr erwartete als gute Laune und Ehrlichkeit. Ich wußte, daß eine Frau auch von einem Mann erwartete, ein unterhaltsamer Gesprächspartner für sie zu sein. Also zierte ich diese flüchtigen Augenblicke für Drieka mit interessanten Erzählungen.

Ich erklärte ihr, daß sich vor ein paar Tagen ein Kieselstein in meine Veldskoens gearbeitet und mir ein wenig Haut von der Oberseite eines meiner Zehen gerieben hatte. Ich zog meinen Schuh aus und zeigte ihr wo. Ich sprach auch von der Rinderpest und davon, daß zwei meiner Kühe am Milzbrand verreckt waren. Ich wußte auch eine Menge über Blauzungenkrankheit bei Schafen und über Botulismus und den Haarwurm und erzählte ihr ganz leichthin von diesen Dingen, genauso entspannt, wie ich jetzt zu euch spreche.

Aber natürlich lag das in Wirklichkeit am Mondschein. Mir war vorher gar nicht klar gewesen, daß ich diesen leichten Konversationston so gut beherrschte. Und dann war das Ganze so völlig unschuldig. Ich hatte das Gefühl, würde Drieka Breytenbachs Ehemann, Petrus, jetzt hier vorbeikommen und uns sehen, wie wir da nebeneinandersaßen, er würde nicht viel dagegen einwenden können. Also jedenfalls nicht sehr viel.

Nach einer Weile hörte ich auf zu reden.

Drieka legte ihre Hand in meine.

»Oh, Schalk«, flüsterte sie, und der Mond glitzerte im verschleierten Blick ihrer blauen Augen. »Erzähl mir noch mehr.«

Ich schüttelte den Kopf.

»Tut mir leid, Drieka«, sagte ich. »Mehr weiß ich nicht.«

»Aber du mußt, Schalk«, sagte sie weich. »Erzähl mir etwas von – von anderen Sachen.«

Ich dachte einige Augenblicke scharf nach.

»Na ja, Drieka«, sagte ich gedehnt, »etwas fällt mir doch noch ein. Es gibt da nämlich eine Sache, die ich dir noch nicht erzählt habe über die Blauzungenkrankheit bei Schafen –«

»Nein, nein, nicht so etwas«, unterbrach sie mich. »Erzähl mir von anderen Dingen. Zum Beispiel vom Mond.«

Also erzählte ich ihr die zwei Sachen, die Bram Venter über

den Mond gesagt hatte. Ich erzählte ihr das mit den grünen Blumen und das andere.

»Braam Venter weiß noch eine ganze Menge mehr Sachen über den Mond«, erklärte ich. »Du wirst ihn das nächste Mal sehen, wenn du zum Nagmaal nach Zeerust gehst. Er ist ein kleiner Kerl mit einer Beule auf dem Kopf von seinem Sturz –«

»Ach nein, Schalk«, sagte Drieka wieder und schüttelte den Kopf, so daß eine Strähne ihres blonden Haars über mein Gesicht strich. »Ich will nichts über Braam Venter hören. Nur über dich. Denk dir etwas Eigenes aus über den Mond und sag es mir.«

Ich verstand, was sie meinte.

»Nun ja, Drieka«, sagte ich nachdenklich. »Der Mond – der Mond ist ganz in Ordnung.«

»Oh, Schalk!« rief Drieka. »Das ist ja viel schöner als alles, was Braam Venter je sagen könnte, selbst mit der Beule auf seinem Kopf.«

Natürlich sagte ich daraufhin, das sei noch gar nichts und daß ich vielleicht sogar noch etwas Besseres sagen könnte, wenn ich mir Mühe gäbe. Aber sehr stolz war ich dennoch. Und irgendwie schien es so, als brächten meine Worte uns einander näher. Ich spürte, daß diese Handvoll unter dem Vollmond gesprochener Worte irgend etwas Neues und Verhextes in Driekas und mein Leben gebracht hatten.

Mittlerweile hielten wir uns an den Händen, während wir im Gras saßen und unsere Füße auf die Straße ausstreckten, und Drieka legte ihren Kopf an meine Schulter, und ihr langes Haar berührte sanft mein Gesicht, aber ich blickte nur auf ihre Füße. Und einen Moment lang meinte ich, sie zu lieben. Und ich liebte sie nicht etwa, weil ihr Körper schön war oder weil sie rote Lippen hatte oder ihre Augen blau waren. In diesem Augenblick waren mir ihr Körper oder ihre Lippen oder Augen egal. Ich liebte sie wegen ihrer Füße und weil ihre Füße auf der Straße neben meinen lagen.

Aber dennoch hatte ich die ganze Zeit über, weit hinten in meinem Kopf, das Gefühl, daß all dies am Mond lag.

»Du hast da ein Paar Füße, die gut zum Gehen taugen«, sagte ich zu Drieka.

»Braam Venter hätte jetzt gesagt, ich habe gute Füße, die gut zum Tanzen taugen«, antwortete Drieka lachend. Und ich begann, auf Braam Venter eifersüchtig zu werden.

Das nächste, was ich wußte, war, daß Drieka sich mir in die Arme geworfen hatte.

»Findest du, daß ich sehr schön bin, Schalk?« fragte sie.

»Du bist sehr schön, Drieka«, antwortete ich langsam, »sehr schön.«

»Willst du etwas für mich tun, Schalk?« fragte Drieka dann, und ihre roten Lippen waren sehr dicht an meiner Wange. »Willst du etwas für mich tun, wenn ich dich sehr liebe?«

»Was soll ich für dich tun, Drieka?«

Sie zog meinen Kopf zu ihren Lippen hinab und flüsterte glühende Worte in mein Ohr.

Und so kam es, daß ich sie abrupt von mir stieß. Ich sprang schwankend auf die Füße, ich fand mein Pferd und ritt davon. Ich ließ Drieka Breytenbach dort zurück, wo ich sie getroffen hatte, unter der Akazie am Straßenrand, und ihr glühendes Geflüster hallte noch in meinem Kopf nach, und bevor ich zu Hause ankam, war der Mond hinter den Dwarsbergen untergegangen.

Nun ja, viel bleibt mir nicht mehr zu erzählen. In den darauffolgenden Tagen dachte ich unablässig an Drieka Breytenbach. Ihr langes offenes Haar und ihre roten Lippen und ihre Füße, die neben meinen im Sand am Straßenrand gelegen hatten. Aber selbst wenn sie das Gespenst gewesen wäre, für das ich sie zunächst gehalten hatte, hätte ich mich nicht ärger vor ihr fürchten können.

Und es schien mir eine merkwürdige Sache zu sein, daß es meine im Mondlicht gesprochenen Worte gewesen waren, die Drieka und mich näher zueinanderbrachten, aber Driekas heißer Atem, der unmäßige Worte in mein Ohr flüsterte, der mich so plötzlich von ihr fortriß.

Ein-, zweimal tat es mir sogar leid, daß ich so überstürzt aufgebrochen war.

Und später dann, als ich hörte, daß Drieka Breytenbach nach Schweizer-Reneke zurückgekehrt war und daß ihr Mann von einem der Farmkaffer mit seiner eigenen Mauser totgeschossen worden war, erstaunte mich das überhaupt nicht. Ich hatte nämlich nichts anderes erwartet.

Nur kam es mir irgendwie nicht richtig vor, daß Drieka einen Kaffer dazu gebracht hatte, das zu tun, was ich zu tun verweigert hatte.

Mampoer

MAG SEIN, DASS DIE BEEREN DES SUMACHBAUMS nicht den besten Mampoer ergeben, den es gibt (sagte Oom Schalk Lourens und nickte in Richtung des großen Baums, dessen Schatten auf die Ecke der Veranda zukroch). Was ich sagen will, ist, daß Sumachschnaps nicht so stark ist wie der Schnaps, den man aus Milchholzfrüchten oder Marulas destilliert. Es heißt ja, daß sogar Pfirsichschnaps einen den Rostpilz am Mais schneller vergessen läßt als der Mampoer, den man aus Sumachbeeren macht.

Aber Sumachmampoer ist weiß und sieht sanft aus, und der Rauch, der rauskommt, wenn man den Korken aus der Flasche zieht, ist fahl und steigt in langsamen Spiralen auf. Und wenn Dürre herrscht und man den ganzen Tag am Tiefbrunnen gestanden und Wasser für das Vieh hochgepumpt hat, so daß das Wasser einem am Abend bitter schmeckt, dann tut es unendlich gut, auf der vorderen Veranda zu sitzen, so wie jetzt, und jemanden zu haben, der den Korken aus einer Flasche von genau diesem Mampoer zieht. Die eigenen Hände sind wund und steif von der Pumperei, so daß man, versucht man selbst, ihn herauszuziehen, den Eindruck hat, der Korken sitze so tief in der Flasche wie das Wasser im Tiefbrunnen.

Vor vielen Jahren, als ich ein junger Mann war, dachte ich, wenn ich so dasaß auf der vorderen Veranda und den weißen Rauch langsam und graziös und mit einem Duft, der von weit her zu kommen schien, aus der Flasche aufsteigen sah, daß dieser Rauch aussah wie ein junges Mädchen, das verschleiert unter dem Sternenhimmel wandelte. Und heute, wo ich alt bin, sehe ich, schaue ich auf ebendiesen weißen Rauch, ein junges Mädchen unter dem Sternenhimmel wandeln, und es ist noch immer verschleiert. Ich habe nie herausgefunden, wer sie ist.

Hans Kriel und ich waren beide in der Gruppe, die aus diesem Teil der Groot Marico zum Nagmaal nach Zeerust gefahren war. Und es war ein paar Tage nach unserer Ankunft, wir besuchten gerade Kris Wilman am Stadtrand, daß ich etwas über die erste Hälfte der Liebesgeschichte von Hans Kriel erfuhr – die Hälfte, über die ich lachte. Von der zweiten Hälfte hörte ich etwas später, und da lachte ich überhaupt nicht mehr.

Wir saßen auf der Veranda von Krisjan Wilman und blickten hinüber in die Richtung von Sephton's Nek. In der sinkenden Sonne leuchteten die Hügel auf der einen Seite rot, auf der anderen Seite breiteten ihre Schatten sich rasch über die Ebene aus. Krisjan Wilman hatte den Mampoer bereits eingegossen, und die Gläser wurden verteilt.

»Dieser große Schatten dort rast durch die Akazien wie ein schwarzer Elefant«, sagte Adriaan Bekker. »In ein paar Minuten wird er bis zum Bahnhof von Groot Marico gekommen sein.«

»Je kürzer die Tage werden, desto länger werden die Schatten«, sagte Frikkie Marais. »Das hab ich in der Schule gelernt. Außerdem gibt es glückbringende und unglückbringende Schatten.«

»Jetzt sprichst du aber über Gespenster und nicht mehr über Schatten«, unterbrach ihn Adriaan Bekker fachkundig. »Ich glaube aber, Gespenster haben alle die gleiche Länge, mehr oder weniger.«

»Nein, Gespenstergeschichten haben alle die gleiche Länge«, sagte Krisjan Wilman. »Jedenfalls die, die du erzählst.«

Es war ein guter Mampoer, gemacht aus Sumachbeeren, die gepflückt wurden, wenn sie noch grün waren und voller Saft, ganz kurz, bevor sie anfingen, weiß zu werden, und wir sagten Dinge, in denen viel Weisheit steckte.

»Auf ihrer rechten Wange, das war wie der Schatten einer Blume«, hörte ich Hans Kriel sagen und setzte mich gleich auf, um zuzuhören, denn ich konnte mir denken, wovon er da redete.

»Eher auf dem unteren Teil ihrer Wange?« fragte ich. »Zwei kleine violette Male?«

Weil in dem Falle wäre ich sicher gewesen, daß er über die neue Bedienung im Café von Zeerust redete. Ich hatte sie nur ein einziges Mal gesehen, durch das Fenster, und weil mir ihr Aussehen gefiel, war ich zur Theke gegangen und hatte sie nach einer Rolle Burentabak gefragt, aber sie sagte, sie führe keinen. Als sie dann sagte, daß sie auch kein Trockenfleisch vom Kudu führe, war ich zu verlegen, um noch nach etwas anderem zu fragen. Erst hinterher war mir eingefallen, daß ich mich drinnen auch hätte hinsetzen und eine Tasse Kaffee und Kekse hätte bestellen können. Aber da war es schon zu spät. Da hatte ich schon das Gefühl, daß sie wußte, daß ich aus dieser Ecke der Marico kam, obwohl ich meinen Hut weit hinten im Nacken trug.

»Hast du – hast du mit ihr gesprochen?« fragte ich Hans Kriel nach einer Weile.

»Ja«, sagte er, »ich bin reingegangen und hab sie nach einer Rolle Burentabak gefragt. Aber sie sagte, sie verkaufe Tabak nicht rollenweise und ebensowenig verkaufe sie Trockenfleisch vom Kudu. Das letzte sagte sie in ziemlich sarkastischem Ton. Ich fand das irgendwie komisch, schließlich hatte ich ja nicht nach

Trockenfleisch vom Kudu verlangt. Also hab ich mich an einen kleinen Tisch gesetzt und Kekse und eine Tasse Kaffee bestellt. Sie hat mir ein paar kleine, trockene, flache Kuchen mit Buchstaben drauf gebracht, die ich nicht so recht entziffern konnte. Sie heißt Marie Rossouw.«

»Du mußt ja ganz schön viel mit ihr geschwatzt haben, um ihren Namen herauszubekommen«, sagte ich, und irgend etwas in meiner Stimme machte Hans Kriel offenbar mißtrauisch.

»Woher weißt du eigentlich, von wem ich da rede?« fragte er mit einem Mal.

»Ach egal«, antwortete ich. »Bitten wir Krisjan Wilman, daß er uns die Gläser noch mal füllt.«

Ich zwinkerte den anderen zu, und wir lachten alle, denn mittlerweile saß Hans Kriel halb seitlich auf der Korbbank, die Schultern nach oben gezogen und der ganze Körper offenbar nur noch von einem Ellbogen gehalten. Kurz darauf bewegte er diesen Ellbogen, und wir mußten ihn vom Boden auflesen und in die Stube tragen, wo wir ihn in eine Ecke auf ein paar Leopardenfelle betteten.

Aber vorher hatte er noch weiter über Marie Rossouw gesprochen, die neue Bedienung des Cafés. Er sagte, er sei vorbeigekommen und habe sie durch die Fensterscheibe gesehen, und auf dem Tresen habe eine Vase mit violetten Blumen gestanden, und er habe jene beiden Male auf ihrer Wange entdeckt, und diese Male seien ihm sehr schön erschienen, als wären es zwei kleine Schatten von diesen violetten Blumen.

»Sie ist sehr schön«, sagte Hans Kriel. »Ihre Augen haben so eine Tiefe, wie diese dunklen Wasserlöcher hinter dem Abjaterskop. Und als sie mich einmal angelächelt hat – versehentlich, glaube ich –, da habe ich mich gefühlt, als würde mein Herz genauso über die Ebene rasen wie dieser Schatten, den wir bei Sonnenuntergang gesehen haben.«

»Du mußt dich hüten vor diesen dunklen Wasserlöchern hinter dem Abjaterskop«, warnte ich ihn. »Wir wissen doch, daß da Hexen drin sitzen in diesen Wasserlöchern.«

Ich fand es zu schade, daß wir Hans Kriel kurz darauf reintragen mußten. Denn der Mampoer hatte gerade angefangen, einen ziemlich guten Erzähler aus ihm zu machen.

Es traf sich, daß Hans Kriel in jener Nacht nicht der einzige war, der Schwierigkeiten hatte, auf der Korbbank sitzen zu bleiben. Ein paar weitere von uns wurden ebenfalls hineingetragen. Und wenn ich auf dieses Nagmaal zurückblicke, so sind meine lebhaftesten Erinnerungen nicht die an die Worte des Predigers beim Gottesdienst, und auch nicht die an Krisjan Wilmans Mampoer, sondern ich erinnere mich vor allem daran, wie ungeheuer rund die schwarzen Flecke auf dem blassen Gelb des Leopardenfells waren. Sie waren so rund, daß sie jedesmal, wenn ich auf sie blickte, anfingen sich zu drehen.

Am Morgen weckte Krisjan Wilmans Frau uns auf und brachte uns Kaffee. Hans Kriel und ich setzten uns Seite an Seite auf dem Leopardenfell auf, und zwischen den Schlucken Kaffee, die er trank, sagte Hans Kriel merkwürdige Sachen. Er redete immer noch über Marie Rossouw.

»Gleich nach Einbruch der Dunkelheit bin ich von der vorderen Veranda aufgestanden und habe sie in dem Café aufgesucht«, sagte Hans Kriel.

»Du magst vielleicht von der vorderen Veranda aufgestanden sein«, antwortete ich, »aber von diesen Leopardenfellen hier bist du nicht mehr hochgekommen. Nicht, nachdem wir dich hier hingetragen haben. Und das ist die reine Wahrheit.«

»Ich bin zu diesem Café hingegangen«, sagte Hans Kriel, ohne auf meine Unterbrechung zu achten, »und es war sehr dunkel. Sie war alleine da. Ich wollte herausfinden, wie sie zu diesen Malen auf ihrer Wange gekommen war. Ich finde sie ja schon ohne das sehr schön. Aber mit diesen Malen ist Marie Rossouw das wildeste und schönste Etwas, das es auf der ganzen Welt gibt.«

»Ich nehme an, sie hat sich da als Kind geschnitten«, schlug ich vor. »Vielleicht ja, als eine der Mampoer-Flaschen ihres Vaters explodiert ist.«

»Nein«, erwiderte Hans Kriel tiefernst. »Nein, es war etwas anderes. Ich habe sie gefragt, wo die Male herkämen. Ich habe sie dort gefragt, im Café, wo wir ganz alleine waren, und plötzlich war es, als fließe Mondlicht durch das ganze Café, und da war kein Tresen mehr zwischen uns, und in ihren Augen funkelte ein sonderbares Lachen, als sie ihr Gesicht ganz dicht an meines brachte. Und dann sagte sie: ›Ich weiß, du wirst mir nicht glauben. Aber das ist die Stelle, wo der Teufel mich geküßt hat. Satan hat mich dahin geküßt, als wir hinter dem Abjaterskop waren. Soll ich dir's zeigen?‹

Das war's, was sie zu mir sagte«, fuhr Hans Kriel fort, »und da wurde mir klar, daß sie eine Hexe ist. Und daß es eine sehr sündige Sache ist, in eine Hexe verliebt zu sein. Also hab ich sie mit meinen Armen umfaßt und habe, die ganze Zeit zitternd, geflüstert: ›Zeig's mir.‹ Daraufhin wuchsen unsere Köpfe sehr weit durch die Schatten empor. Und alles bewegte sich ungeheuer schnell, schneller als die Schatten sich bei Sonnenuntergang vom Abjaterskop hinabbewegen. Und ich wußte, wir waren hinter dem Abjaterskop, und ihre Augen waren tatsächlich die dunklen Wasserlöcher dort mit dem hohen Riedgras, das an den Rändern wächst. Und dann sah ich Satan zwischen uns kommen. Und er hatte Hufe und einen gegabelten Schwanz. Und Flammen schossen aus ihm. Und er beugte sich herab und küßte Marie Rossouw, auf ihre Wange, dort wo die Male sind. Und sie lachte. Und ihre Augen tanzten vor Entzücken. Und dann merkte ich, daß es die ganze Zeit ich war, der sie küßte. So, und was sagst du dazu, Schalk?«

Natürlich sagte ich, das sei der Mampoer gewesen. Und daß mir jetzt auch klar sei, warum ich so schlecht geschlafen habe. Nicht weil die Flecken auf dem Leopardenfell sich wie Räder drehten, sondern weil die ganze Nacht über Satan neben mir geschlafen hatte. Und dann fügte ich noch hinzu, daß das allerdings keine ganz neue Entdeckung sei. Daß ich ihn immer schon in diesem Verdacht gehabt habe.

Aber mir kam auch eine Idee. Und während die anderen frühstückten, ging ich unter dem Vorwand hinaus, ich müsse Manie Burgers beim Ausspannplatz vor der Kirche mit seinen Ochsen helfen. Statt dessen ging ich aber ins Café, und da ich wußte, daß ihr Name Marie Rossouw war, konnte ich die Kellnerin, als sie kam, um meine Bestellung aufzunehmen, fragen, ob sie mit den Rossouws aus Rysmierbult verwandt sei, und ihr sagen, daß ich ebenfalls entfernt mit dieser Familie verwandt bin. Im Tageslicht war in diesem Café nichts von der sonderbaren Atmosphäre zu spüren, von der Hans Kriel gesprochen hatte. Alles war völlig normal. Sogar diese violetten Blumen standen immer noch auf dem Tresen. Sie sahen leicht verwelkt aus.

Und dann fragte ich sie aus heiterem Himmel mitten in der Unterhaltung nach dieser Sache, die mir auf der Zunge brannte.

»Dieses Mal auf Ihrer Wange, Juffrou«, sagte ich, »möchten Sie mir sagen, wo Sie das herhaben?«

Marie Rossouw beugte ihr Gesicht ganz nahe zu mir, und ihre Augen wirkten wie dunkle Wasserlöcher, auf denen das Licht funkelt.

»Ich weiß, Sie werden mir nicht glauben«, sagte sie, »aber das ist die Stelle, wo Satan mich geküßt hat. Als wir zusammen hinter dem Abjaterskop waren. Soll ich's Ihnen zeigen?«

Es war heller Tag. Der Morgen lag hell auf der Welt, und die Sonne schien strahlend durch die Fensterscheibe herein, und draußen auf der Straße waren eine Menge Leute. Und dennoch: Als ich das Café rasch verließ und über den Bürgersteig davonging, zitterte ich am ganzen Leib.

Eins kam zum anderen, so daß ich Hans Kriel erst drei oder vier Tage später wiedersah, als das Nagmaal vorüber war und wir wieder zur anderen Seite der Dwarsberge zurückfuhren.

Wir unterhielten uns über dies und das und schließlich erwähnte ich, bemüht, dabei ganz natürlich zu klingen, Marie Rossouw.

»Sonderbarer Traum, den du da hattest«, sagte ich.

»Ja«, antwortete er. »Sehr sonderbar.«

»Und hast du nun etwas herausgefunden«, fragte ich und versuchte wiederum, so beiläufig wie möglich zu klingen, »über diese Male auf ihrer Wange?«

»Ja«, antwortete Hans Kriel. »Ich habe Marie gefragt und sie hat's mir erzählt. Sie sagte, als sie noch ein Kind war, ist in der Stube einmal eine Flasche Mampoer explodiert. Und ein Glassplitter hat ihr die Wange aufgeschnitten. Sie ist ein außergewöhnliches Mädchen, diese Marie Rossouw.«

»Ja«, sagte ich zustimmend und wandte mich dann ab. »Allerdings.«

Aber zugleich dachte ich, daß im Zusammenhang mit Mampoer Sachen passieren, die nicht so leicht zu verstehen sind.

Die Witwe

ES HATTE IM POTCHEFSTROOM-DISTRIKT seit Monaten nicht geregnet, und so war der Boden an diesem Morgen sehr hart, und die Hacken und Schaufeln der Kaffern klirrten auf dem Kies neben der Lehmhütte, die als Gerichtsgebäude genutzt wurde.

Ich war damals ein Junge. Es war die Zeit, als Transvaal in vier getrennte Republiken geteilt war, und Potchefstroom, ein kleines Dorf, war die Hauptstadt der südlichen Republik.

Seit einigen Tagen war in dem Gerichtsgebäude eine Menge los. Die Farmer waren aus fernen Gegenden gekommen, um am Prozeß gegen Tjaart van Rensburg teilzunehmen. Nur wenige von ihnen gelangten in das Gebäude hinein. Die anderen sahen von der Tür her zu, drängten sich neugierig nach vorn, wenn einer der Zeugen vom Stand herabstieg, und bekamen von denen drinnen den Inhalt der Aussagen erzählt.

Natürlich verursachte dieses ganze Gerichtstreiben eine Menge Aufregung, und die Leute in Potchefstroom redeten über kaum etwas anderes als über den ersten Mordprozeß in Transvaal.

Die ganze Sache hatte begonnen, als man Andries Theron neben dem Tiefbrunnen seiner Farm fand. Er hatte Wasser für sein Vieh gepumpt. Ein gewisser Rossouw, ein Nachbar von Andries Theron, der in seinem Ochsenkarren vorüberfuhr, hatte einen Mann neben dem Pumpenschwengel liegen sehen.

So kam es, daß Francina Theron ihren Mann im Ochsenkarren eines Fremden nach Hause kommen sah, ein Stück Wagenplane über den Körper gebreitet und eine Martini-Kugel im Herzen. Die Männer vom Landdrost kamen aus Potchefstroom und begannen ihre Ermittlungen zu dem Mord, wobei sie den größten Teil ihrer Zeit, wie Männer vom Landdrost das immer tun, mit dem Versuch verbrachten, die falschen Leute zu Geständnissen zu zwingen.

Später aber bekamen sie die Auskünfte, die sie brauchten.

Man erzählt, daß eine große Menschenmenge zum Begräbnis von Andries Theron zusammengekommen war, das am Fuß eines Hügels an der äußersten Grenze der Farm stattfand. Die Frauen erschienen schwarzgekleidet, und die Männer trugen ihre Sonntagshüte, und in der trauernden Prozession, die dem Karren mit dem Sarg darauf langsam übers Veld folgte, befanden sich auch zwei Männer vom Landdrost.

Unter den Trauergästen befand sich auch der Vetter des Toten, Tjaart van Rensburg. Der Pastor brauchte nicht lang für die Trauerfeier. Er sprach ein paar schlichte Worte über die tragischen Umstände, unter denen Andries Theron zu Tode gekommen war, und fügte hinzu, daß kein Mensch wisse, wann seine Stunde schlage. Dann sagte er noch einige tröstende Worte für die Witwe, Francina, und forderte zu einem Gebet für die Seele des Verstorbenen auf.

Die letzten Noten der Burenhymne waren gerade über der Steppe verklungen und die Menge hatte schon begonnen, sich vom Grab zu entfernen, da legte einer der Männer vom Landdrost seine Hand auf die Schulter Tjaart van Rensburgs. Und dann führte Tjaart van Rensburg, einen Gesetzeshüter zu jeder Seite und die Hände in Handschellen, die Prozession den steinigen Weg entlang an.

Der Verhaftete war sehr blaß geworden. Aber jeder bemerkte, daß er seinen Kopf hoch hielt und daß sein Schritt fest war, während er bis zu den Eukalyptusbäumen auf der anderen Seite des Hügels ging, wo der Zweispänner der Regierung wartete.

Einen Monat später begann in Potchefstroom die Gerichtsverhandlung. Andries Therons Witwe, Francina, war eine schlanke Frau von erst Anfang zwanzig. Sie war einmal sehr schön gewesen, von unbeschwertem Naturell und mit einem vergnügten Lachen gesegnet. Aber der Schock über den Tod ihres Ehemanns hatte sie in einer Stunde vollkommen verändert. Sie weinte nicht, als Rossouw, der ein gutes Herz, aber eine recht unverblümte Art hatte, ihr mitteilte, daß er ihren Mann tot in der Steppe habe liegen sehen.

»Ich hatte Glück«, sagte Rossouw, »daß ich ihn gefunden habe, bevor die Geier ihn fanden.«

»Wo ist er?« fragte Francina.

»Auf meinem Karren«, sagte Rossouw. »Unter der vordersten Plane. Direkt neben den Kartoffelsäcken.«

In mancherlei Hinsicht besaß Rossouw nicht gerade das, was man Feingefühl nennen würde. Aber er hatte die düstere Würde der Steppe, und die sagte ihm, daß er Francina nicht zu dem Karren folgen durfte, weil es recht ist, daß eine Frau, wenn sie zum ersten Mal ihren toten Mann sieht, alleine sei.

Francina blieb lange bei dem Karren.

Als sie zurückkam, war eine traurige Veränderung mit ihr vorgegangen. Jegliche Farbe war ihr aus Wangen und Lippen gewichen. Ihre Mundwinkel hingen herab. Aber in ihren trockenen Augen stand ein verlorener und hoffnungsloser Ausdruck, eine furchtbare Trostlosigkeit, die Rossouw Angst machte, so daß er keinen Versuch unternahm, sie zu trösten.

Mit den Frauen, die kamen, um Francina Trost zu spenden, war es genauso. Wollte eine der Frauen Francina in den Arm nehmen, damit sie an ihrer Schulter weinen könne, lag da dieser Ausdruck in ihren Augen, der von einem Gram sprach, der für die Ewigkeit war.

Man kann nicht viel machen, wenn alles, was man einer Witwe anbieten kann, Mitgefühl ist, und sie sieht einen mit weit offenen Augen an, die nichts mehr von dieser Welt erwarten, noch von der nächsten. Man fühlt sich dann unbehaglich und bekommt den Eindruck, daß man kein Recht habe, diese Art Gram zu behelligen.

Genau das passierte den Frauen, die Francina kannten. Sie versuchten, ihr mit kleinen Gesten Freundlichkeit zu bezeigen. Als dann der Mordprozeß begann und alles darauf hinauszulaufen schien, daß man Francina als Zeugin vernehmen würde, begleitete eine der Frauen sie nach Potchefstroom und blieb dort mit ihr zusammen. Aber selbst dieser Frau gegenüber blieb Francina in ihrer Trauer eine Fremde.

Ja, diese Frau erzählte später immer, daß Francina die ganze Zeit über, die sie zusammen verbracht hatten, nur ein einziges Mal mit ihr gesprochen habe, und das war, als sie am Mooi-Fluß standen, der durch Potchefstroom fließt, und Francina bemerkte, wie schön die gelben Blumen seien, die am Flußufer wuchsen.

Und so begann der Prozeß. Jeden Morgen um neun Uhr wurde Tjaart van Rensburg aus seiner Zelle zu dem Gerichtsgebäude mit den Lehmwänden geführt. Jedesmal stand eine Menge Menschen herum, um zuzusehen, wie er vorüberging. Ich selbst sah ihn häufig. Wenn ich an jene Zeit zurückdenke, erinnere ich mich an Tjaart van Rensburg als an einen breitschultrigen Mann von vielleicht dreißig, größer als die Wachen, die ihn eskortierten, und recht gutaussehend.

Ich weiß noch, wie er ging, den Kopf hoch erhoben, den Hut schräg darauf, und die beiden Handgelenke eng beisammen vor dem Körper haltend. Zu beiden Seiten von ihm befand sich ein Bürger mit Patronengurt und Gewehr.

Der Landdrost sah gewichtig aus, so wie ein Landdrost bei seinem ersten Mordprozeß aussehen sollte. Auch die Geschworenen wirkten sehr würdig. Aber der Pompöseste von allen war Rossouw. Immer wieder erzählte er jedem, der zuhören wollte, die Geschichte, wie er die Leiche entdeckt hatte, bevor es die Geier taten. Er erzählte allen haarklein, welche Aussage er machen werde und welche Theorien er darüber vorbringen werde, wie der Mord geschehen sei.

Er brachte sogar seinen Ochsenkarren zum Gerichtsgebäude mit und stellte ihn am Straßenrand ab, so daß der Richter und die Geschworenen nur mit Mühe zur Tür hineinkamen. Er erklärte, er sei bereit, dem Gericht zu demonstrieren, mit exakt welcher Geschwindigkeit er die Leiche vom Brunnen bis zu Andries Therons Haus kutschiert habe.

Hinterher war Rossouw dann der niedergeschlagenste Mensch, den ich je gesehen habe. Denn man hatte ihn nur etwa fünf Minuten im Zeugenstand behalten, und seine Theorien wollte keiner anhören.

Dagegen dauerte die Zeugenaussage eines Kaffern, der gesehen hatte, wie sich Tjaart van Rensburg am Brunnen mit dem Verstorbenen stritt, länger als drei Stunden. Und ein weiterer Kaffer, der einen Schuß gehört hatte und meinte gesehen zu haben, wie Tjaart van Rensburg mit einem Gewehr die Straße hinablief, blieb den längsten Teil des Tages im Zeugenstand.

»Was haltet ihr denn jetzt von diesem Unfug?« fragte Rossouw eine Gruppe, die vor dem Gericht herumstand. »Ich bin ein Weißer. Ich habe in drei Kaffernkriegen für Transvaal zu den Waffen gegriffen. Und mich läßt man nur fünf Minuten im Zeugenstand und sagt mir dann, ich solle rausgehen und meinen Ochsenkarren von der Tür wegschaffen. Aber ein dummer Kaffer, der nicht einmal seinen Namen schreiben kann und ein Kreuz unter die Sachen malen muß, die er gesagt hat – dieser Kaffer darf dort stehen und zehn geschlagene Stunden lang die Zeit des Gerichts verplempern.

Und was noch schlimmer ist«, fuhr Rossouw fort, »Tjaart van Rensburgs Verteidiger hat mich nicht ein einziges Mal ins Kreuzverhör genommen oder mich einen Lügner genannt. Wogegen er den halben Tag damit verbracht hat, diesem Kaffer Schimpfwörter an den Kopf zu werfen. Glaubt dieser Verteidiger vielleicht, daß meine Aussage dem Gericht nichts wert wäre?«

Rossouw sagte noch eine ganze Menge mehr solcher Sachen. Einige der Bürger lachten über seine Bemerkungen, aber andere nahmen ihn ernst und stimmten ihm zu und sagten, es sei eine Schande, daß dergleichen erlaubt sei, und das Ganze beweise nur, daß dem Präsidenten das Wohl der Nation nicht am Herzen läge.

Woraus ihr ersehen könnt, daß es damals eine schwierige Aufgabe gewesen sein muß, Transvaal zu regieren.

Der Prozeß zog sich fast eine Woche hin, was an den vielen Zeugen und den langen Reden der Anklage und der Verteidigung lag. Dazu kam, daß auch der Landdrost eine Menge gelehrte Bemerkungen über das römisch-niederländische Recht machte. Und die ganze Zeit über saß Francina im Gericht und hatte jenen Ausdruck in den Augen, der nicht von dieser Welt war. Es heißt, sie habe kein einziges Mal geweint. Sogar als der Arzt, ein Holländer, beschrieb, wie er Andries Therons Leib aufgeschnitten und entdeckt hatte, daß die Kugel das Herz durchschlagen hatte, veränderte sich Francinas Gesichtsausdruck nicht.

Die Leute, die sie kannten, begannen sich um ihren Zustand Sorgen zu machen. Sie meinten, es sei unmöglich, daß sie so weiterlebe, mit diesem versteinerten Leid in ihr. Sie meinten, wenn sie nicht bald zusammenbreche und weinte, würde sie nicht mehr lange leben.

Wie auch immer, jedenfalls wurde Francina nicht in den Zeugenstand gerufen. Vielleicht hatte man das Gefühl, daß sie nichts Wichtiges hätte sagen können.

Und so vergingen die Tage.

Und Rossouw beschwerte sich noch immer über die Ungerechtigkeit, die ihm im Zeugenstand widerfahren sei, als Tjaart van Rensburg, den Hut schräg über ein Auge gezogen und beide Handgelenke dicht nebeneinander vor dem Körper haltend, zum letzten Mal das Gerichtsgebäude betrat.

Der Landdrost sah weniger gewichtig aus an diesem Morgen. Und die Geschworenen wirkten nicht sonderlich glücklich. Aber sie waren nicht Männer, sich vor einer Pflicht zu drücken, die zu vollziehen sie geschworen hatten.

Tjaart van Rensburg wurde gefragt, ob er noch irgend etwas zu sagen habe, bevor das Urteil verkündet werde.

»Ja, ich bin schuldig«, antwortete er. »Ich habe Andries Theron erschossen.«

Seine Stimme war fest, und während er sprach, drehte er seine Hutkrempe langsam zwischen den Fingern im Kreis.

Und so erklärt es sich, daß eine Reihe von Kaffern an einem frühen Wintermorgen ihre Hacken in den harten Kies sausen ließen und neben dem Gerichtsgebäude ein Loch gruben.

Eine kleine Menschenmenge hatte sich an dem Grab versammelt. Einige knieten nieder und beteten. Unter den Zuschauern befand sich auch Francina Theron, die in ihrer Trauerkleidung sehr zerbrechlich und schlank aussah. Als das Grab tief genug war, hob man einen grob gezimmerten Sarg von dem Karren, auf dessen Seiten das Wappen der Republik gemalt war.

Dann wurde das Grab aufgefüllt. Der frische Hügel aus Steinen und roter Erde wurde mit Schaufeln flach geklopft.

Und dann, zum ersten Mal seit dem Tod ihres Mannes, begann Francina zu weinen.

Sie warf sich in ganzer Länge auf das Grab und fuhr mit den Fingern durch die Kiesel und die frische Erde. Und zärtliche und leidenschaftliche Liebesworte ausstoßend, schluchzte Francina lauthals auf dem Grab ihres Liebhabers.

Jungfrau vom Veld

ICH WEISS SCHON, was dahintersteckt (sagte Oom Schalk Lourens), wenn ihr auf diese Weise über das Veld sprecht. Ich kannte Leute, die genauso dasaßen wie ihr und vom Veld träumten und komische Sachen sagten und anfingen, an das zu glauben, was sie die Seele des Velds nennen, bis dann schließlich das Veld für sie etwas völlig anderes bedeutet hat als für mich.

Ich weiß nichts weiter, als daß die Steppe dazu genutzt werden kann, Mais anzubauen, und selbst dafür taugt sie nicht sonderlich. Außerdem bedeutet der Maisanbau für mich sehr harte Arbeit. Allein schon das Pflügen zum Beispiel. Ich habe Rücken- und Schulterschmerzen davon bekommen, am Rand meines Lands den ganzen Tag auf einem Stein zu sitzen und zuzusehen, wie die Kaffern und die Ochsen und der Pflug hoch und runter zogen und Furchen machten. Hans Coetzee, der burischer Strafgefangener auf St. Helena war, hat mir erzählt, wie er seekrank wurde davon, das Schiff die ganze Zeit hoch und runter gehen zu sehen, immer hoch und runter, die ganze Zeit.

Und mit dem Pflügen ist es das gleiche. Die einzige richtige Medizin gegen diese Pflugkrankheit ist, in aller Ruhe auf einer Korbbank auf der Veranda zu sitzen, die Füße ein wenig hochgelegt, und Kaffee zu trinken, bis die Pflügzeit vorüber ist. Die meisten Farmer in der Steppe der Marico sind irgendwann dazu übergegangen, diese Medizin zu nehmen, wie ihr mittlerweile bemerkt haben dürftet.

Aber es ist nun mal da, das Veld. Und es tut nicht gut, zuviel darüber nachzudenken. Denn sonst kann es einen auf merkwürdige Wege führen. Und manchmal – manchmal, wenn das Veld einen sehr weit geführt hat – dann kriegt man einen Ausdruck in die Augen, der nicht Gottes Werk ist.

Es war im Frühsommer, kurz nach der Regenzeit, daß ich John de Swardt zum ersten Mal begegnete. Er saß neben einem Zelt, das er zwischen den Marulabäumen am äußersten Ende meiner Farm aufgeschlagen hatte, dort wo sie an die Ländereien von Frans Welman grenzt. Er war schon mehrere Tage dort, was ich nicht gewußt hatte, weil ich zu der Zeit häufig auf meiner Veranda saß, aus dem Grund, den ich bereits erwähnte, als ich übers Pflügen sprach.

Er war ein junger Bursche mit langem, schwarzem Haar. Als ich näher kam, sah ich, was er da tat. Er hatte ein Stück weiße Zeltplane auf einen Ständer gespannt und war dabei, meine Farm zu malen. Es sah so aus, als habe er für sein Bild nur all die nutzlosen Stücke ausgewählt – einen Bergrücken, ein paar Steine und einige Büschel Margeriten.

»Junger Mann«, sagte ich zu ihm, nachdem wir uns einander vorgestellt hatten, »wenn die Leute in Johannesburg dieses Bild sehen, dann werden sie anfangen zu lachen und sagen, daß Schalk Lourens auf einem kargen Felsen haust wie eine Eidechse. Warum malen Sie denn nicht lieber das, was fruchtbar und ertragreich ist? Schauen Sie auf den See dort und das Wehr. Und vergessen Sie nicht das Desinfektionsbad, das ich gerade erst aus Eisenbeton gebaut habe. Dann werden Piet Grobler oder General Kemp, wenn sie dieses Bild sehen, wenigstens gleich wissen, daß Schalk Lourens an der Farm Verbesserungen vorgenommen hat.«

Der junge Maler schüttelte den Kopf.

»Nein«, sagte er, »ich will nichts als das Veld malen. Ich verabscheue den Gedanken, Tiefbrunnen und Desinfektionsbäder und Häuser und Beton zu malen – vor allem Beton. Ich will nur das Veld. Seine Einsamkeit. Sein Geheimnis. Wenn dieses Bild fertig ist, dann werde ich stolz sein, meinen Namen daruntersusetzen.«

»Ach, das ist natürlich etwas ganz anderes«, erwiderte ich. »Hauptsache, Sie setzen nicht meinen Namen darunter. Ich habe noch eine bessere Idee«, sagte ich. »Setzen Sie Frans Welmans Namen darunter. Schreiben Sie drunter, daß das die Farm von Frans Welman ist.«

Ich sagte das, weil ich mich noch gut daran erinnern konnte, daß Frans Welman bei der letzten Wahl zum Drogekop-Schulkomitee gegen mich gestimmt hatte.

Danach nahm mich John de Swardt mit in sein Zelt und zeigte mir eine Reihe anderer Bilder, die er an verschiedenen Orten in der Gegend der Dwarsberge gemalt hatte. Es war alles die gleiche Art Bilder, karg und steinig. Ich dachte, es wäre eine gute Idee, wenn die Regierung einen ganzen Haufen derartiger Bilder an der Grenze zur Kalahari aufstellte, damit die Heuschrecken sie zu sehen bekämen. Dann würden die Heuschrecken nämlich aus der Marico draußen bleiben.

Dann zeigte John de Swardt mir noch ein weiteres Bild, das er gemalt hatte, und als ich das sah, änderte sich meine Meinung über dieses Etwas, das er Kunst nannte. Ich blickte von de Swardt zu dem Bild und dann wieder zurück zu de Swardt.

»Das hätte ich nie von Ihnen geglaubt«, sagte ich. »Und dabei sehen Sie doch wie ein eher harmloser Typ aus.«

»Ich nenne es ›Die Jungfrau vom Veld‹«, sagte John de Swardt.

»Wenn der Prediger das zu sehen bekäme, würde er ihm einen anderen Namen geben«, erwiderte ich. »Aber ich bin ja ein aufgeschlossener Mensch. Ich war einmal in der Bar in Zeerust und zweimal im Kintopp, als ich eigentlich beim Nagmaal hätte sein sollen. Ich mache es also einem jungen Mann wie Ihnen nicht zum Vorwurf, solche Ideen im Kopf zu haben. Aber Sie dürfen keinen hier in der Gegend diese Jungfrau vom Veld sehen lassen, es sei denn, Sie malen ihr noch ein paar Kleider dazu.«

»Das könnte ich nicht tun«, antwortete de Swardt. »Ich sehe sie nun einmal so vor mir. So erträume ich sie mir einfach. Seit vielen Jahren besucht sie mich so in meinen Träumen.«

»Mit so ausgestreckten Armen?« fragte ich.

»Ja.«

»Und auch mit –«

»Ja, ja, genau so«, beeilte sich de Swardt zu sagen. Dann wurde er rot, und ich konnte sehen, wie jung er noch war. Es schien eine rechte Schande, daß so ein netter junger Bursche so komplett irrsinnig sein sollte.

»Na ja, wenn Sie mal eine Arbeit als Maler suchen sollten«, sagte ich beim Abschied, »dann können Sie vorbeikommen und die Rückseite meines Schafstalls kalken.«

Ich sage öfter so komische Sachen zu den Leuten.

Ich sah John de Swardt häufig in der Folgezeit, und ich fing an ihn zu mögen. Ich war erfreut, daß – obwohl er seine Zeit damit vertat, nackte Steine und Unkraut zu malen – keine echte Bosheit in ihm steckte. Ich war mir sicher, daß der einzige Grund dafür, daß er solchen Blödsinn über Visionen und den Geist der Steppe erzählte, das war, was sie ihm an der Schule in Johannesburg angetan hatten, wo sie ihn all diesen Unfug über Kunst gelehrt hatten, und er tat mir leid. Später fragte ich mich eine Zeitlang, ob mir nicht eher die Kunstschule hätte leid tun sollen. Aber nachdem ich in aller Ruhe über all das nachgedacht hatte, war mir klar, daß John de Swardt lediglich sehr jung und unschuldig war, und daß das, was ihm später zustieß, nichts anderes war, als was all denen zustößt, die schlichten Herzens sind.

An mehreren aufeinanderfolgenden Sonntagen nahm ich de Swardt über den Hügelkamm zum Haus von Frans Welman mit. Ich hatte keine sehr hohe Meinung von Fransens Ansichten, seitdem er bei der Wahl zum Schulkomitee für den falschen Mann gestimmt hatte. Aber ich hatte keinen anderen Nachbarn, der zu Fuß erreichbar war, und da es Sonntag war, mußte ich schließlich irgendwohin gehen.

Wir unterhielten uns über alles mögliche. Fransens Frau Sannie war jung und hübsch, aber sehr schüchtern. Dabei lag das gar nicht in ihrer Natur. Allerdings hatte sie Angst, den Mund aufzumachen, um nicht etwas zu sagen, was ihr Mann mißbilligt hätte. So saß Sannie die meiste Zeit still in der Ecke und stand nur ab und zu auf, um uns frischen Kaffee zu machen.

In mehrerlei Hinsicht war Frans Welman das, was man einen harten Mann nennen würde. Zum Beispiel grenzte es an einen Skandal, wie er seine Frau und die Kaffern auf seiner Farm behandelte. Auf der anderen Seite kümmerte er sich beispielhaft um sein Vieh und seine Schweine. Und ich war immer der Ansicht, daß das bei einem Farmer wichtiger ist, als daß er freundlich zu seiner Frau und den Kaffern sei.

Wie auch immer, wir redeten jedenfalls über den Mais und die Dürre im vorletzten Jahr und die Fördermittel, und ich ahnte bereits, daß die Konversation in Kürze beim Volksraad angekommen sein würde, und da ich nicht wissen wollte, für wen

Frans bei der Parlamentswahl stimmen würde – ohnehin war es meine Meinung, daß ein so unverantwortlicher Mensch überhaupt nicht das Recht haben sollte zu wählen –, bat ich John de Swardt hastig, uns von seinen Gemälden zu erzählen.

Postwendend fing er von seiner Jungfrau vom Veld an.

»Nicht das«, sagte ich und trat ihn gegen das Schienbein, »ich habe deine anderen Gemälde gemeint. Die, die die Heuschrekken abhalten.«

Ich hatte es im Gefühl, daß diese Jungfrau vom Veld kein geeignetes Gesprächsthema war, vor allem nicht in Gegenwart einer Frau. Überdies war es Sonntag.

Aber mein Tritt kam zu spät. De Swardt rieb sich ein paarmal das Schienbein und legte mit seinem Thema los, und obwohl Frans und ich uns an mehreren Stellen verlegen räusperten und Sannie, deren hübsche Wangen puterrot geworden waren, zu Boden sah, erklärte der junge Maler uns alles über das Bild und was es ihm bedeutete.

»Es ist ein Traum, den ich jetzt schon sehr lange Zeit habe«, sagte er zum Schluß, »und jedesmal kommt sie auf mich zu, und wenn ich dann die Arme ausstrecke, um sie zu fassen, verschwindet sie, und ich bleibe alleine zurück, mit nichts als der Erinnerung an sie im Herzen. Wenn sie aber kommt, dann ist die gesamte Welt in schreckliche Schönheit gehüllt.«

»Das ist mehr, als worin das Mädchen gehüllt ist«, sagte Frans, »wenn man danach geht, wie du sie uns beschrieben hast.«

»Sie ist ein Geist. Sie ist der Geist des Velds«, murmelte de Swardt. »Sie wispert seltsame und zauberische Sachen. Wenn sie auftaucht, ist das wie das Wispern des Windes. Sie ist nicht von dieser Welt.«

»Na dann«, sagte Frans kurz, »diese ausländischen Geistererscheinungen kannst du für dich behalten. Für normale Burschen wie mich oder Schalk Lourens ist ein Burenmädchen gut genug.«

So gingen die Tage dahin.

John de Swardt beendete ein paar weitere Stücke über Felsen und vertrocknete Margeriten, und ich hatte ihn dazu überredet, das am schlimmsten aussehende »Frans Welmans Farm« zu nennen.

Dann, eines Morgens, kam er in heller Aufregung zu mir.

»Ich habe sie wiedergesehen, Oom Schalk«, sagte er, »vergangene Nacht habe ich sie wiedergesehen. In unübertrefflicher Schönheit. Genau um Mitternacht. Sie kam mit leichten Schritten übers Veld auf mein Zelt zu. Die Nacht war warm und lieblich, und die Sterne spielten verrückt und sangen. Und leise Musik erklang jedesmal, wenn ihre weißen Füße das Gras berührten. Und manchmal schien ihr Mund zu lachen, und manchmal sah er traurig aus. Und wie rot ihre Lippen waren, Oom Schalk! Und als ich die Arme ausstreckte, ging sie fort. Sie verschwand in den Marulabäumen wie der wispernde Wind. Und in meinen Ohren war ein Geläute. Und in meinem Herzen war ein grüner Duft, und ich mußte an den weißen Affodil denken, der auf den Gefilden des Paradieses wächst.«

»Im Paradies kenne ich mich nicht aus«, sagte ich, »aber wenn solches Zeug in meinen Maisfeldern wachsen würde, dann würde ich zusehen, daß die Kaffern es auf der Stelle ausreißen. Dieser ganze Spuk-Unfug schmeckt mir nicht.«

Und dann gab ich ihm einen guten Rat. Ich sagte ihm, er solle sich vor dem Mond in acht nehmen, der zu der Zeit beinahe voll war. Denn der Mond kann einem in der Steppe seltsame Dinge antun, vor allem, wenn man in einem Zelt lebt und der Vollmond direkt darübersteht und die Marulabäume bizarre Schatten werfen.

Aber mir war klar, daß er sich nicht darum scheren würde, was ich sagte.

Er kam noch mehrmals mit derselben Geschichte über die Jungfrau vom Veld zu mir. Irgendwann wurde ich der Sache müde.

Und dann, eines Morgens, als er erneut kam, war mir alles klar, sobald ich den Ausdruck seiner Augen sah. Von diesem Ausdruck habe ich euch ja bereits erzählt.

»Oom Schalk«, fing er an.

»John de Swardt«, sagte ich zu ihm, »du brauchst mir gar nichts zu erzählen. Ich bitte dich nur um eins: Pack deine Sachen und verlasse auf der Stelle meine Farm.«

»Heute nacht gehe ich«, sagte er. »Ich verspreche dir, daß ich morgen früh fort sein werde. Aber laß mich noch einen Tag und eine Nacht hierbleiben.«

Seine Stimme bebte, während er redete, und seine Knie zitterten. Aber es war nicht deswegen und auch nicht seinetwegen, daß ich nachgab. Ich redete vernünftig mit ihm um des Ausdrucks willen, der in seinen Augen lag.

»Also gut«, sagte ich, »aber du mußt dann direkt zurück nach Johannesburg. Wenn du die Straße runtergehst, kannst du den staatlichen Lastwagen kriegen, der nach Zeerust fährt.«

Er dankte mir und ging. Ich sah ihn nie wieder.

Am nächsten Tag stand sein Zelt noch immer hinter den Marulabäumen, aber John de Swardt war fort, und er hatte all seine Bilder mitgenommen. Das heißt alle bis auf die Jungfrau vom Veld. Ich nehme an, er hat sie nicht mehr gebraucht.

Aber wie auch immer, die Termiten hatten ohnehin schon begonnen, sie sich vorzunehmen. Das ist auch der Grund, warum ich den Rest des Bildes ganz offen bei mir im Vorbau an die Wand hängen kann, ohne daß der Prediger irgendeinen Einwand hätte.

Die Termiten haben nämlich praktisch alles bis auf das Gesicht weggefressen.

Und was Frans Welman betrifft, so dauerte es sehr lange, bevor er es endlich aufgab, die ganze Marico nach seiner jungen Frau Sannie abzusuchen.

Der Rotnacken

ROTNACKEN, SAGTE OOM SCHALK LOURENS, sind wunderlich. Ich denke zum Beispiel an jenen Tag, als mein Neffe Hannes und ich in der Nähe von Dewetsdorp eine Begegnung mit zwei Engländern hatten. Es war kurz nach der Schlacht von Sanna's Post, und Hannes und ich lagen hinter einem Felsen und beobachteten die Straße. Hannes verbrachte solche Mußestunden auf, wie er sagte, nützliche Weise. Er feilte die Spitzen seiner Mauserpatronen an einem flachen Stein ab, bis das Blei durch den Stahl sichtbar wurde, und machte sie so zu Dumdumpatronen.

Ich sprach oft mit meinem Neffen Hannes über diese Sache.

»Hannes«, sagte ich dann, »das ist eine Sünde. Der Herr sieht dich.«

»Das ist schon gut«, erwiderte Hannes. »Der Herr weiß auch, daß wir im Burenkrieg sind, und in Kriegszeiten drückt er angesichts einer solchen kleinen Dummheit ein Auge zu, um so mehr als die Engländer so zahlreich sind.«

Jedenfalls, wir lagen hinter diesem Felsen, da sahen wir plötzlich weit die Straße hinab zwei Reiter, die in unsere Richtung galoppiert kamen. Wir regten uns nicht und ließen sie auf weniger als vierhundert Schritt herankommen. Es waren englische Offiziere. Sie saßen auf erstklassigen Pferden, und ihre Uniformen sahen sehr fein und schick aus. Sie waren die am elegantesten aussehenden Männer, die ich seit langer Zeit gesehen hatte, und ich schämte mich ziemlich meiner eigenen ausgefransten Hosen und Veldskoens. Ich war erleichtert, daß ich hinter einem Felsen lag und sie mich nicht sehen konnten. Um so mehr als auch meine Jacke den ganzen Rücken entlang aufgerissen war, was daran lag, daß ich drei Tage zuvor eher hastig durch einen Stacheldrahtzaun hatte kriechen müssen. Ich war auch gerade noch rechtzeitig durchgekommen. Der Feldkornett, der ein fetter Mann war und nicht so schnell laufen konnte, war ungefähr zwanzig Yards hinter mir. Und er blieb mit einer Kugel im Leib im Draht hängen. Den ganzen Burenkrieg hindurch freute ich mich darüber, daß ich dünn war und nie Probleme mit Hühneraugen hatte.

Hannes und ich feuerten etwa im selben Moment. Einer der Offiziere fiel von seinem Pferd. Er kam mit den Schultern auf und rollte zweimal um die eigene Achse, wobei er roten Straßenstaub aufwirbelte. Und dann tat der andere Soldat etwas Wunderliches. Er zügelte sein Pferd und stieg ab. Er blickte nur einmal kurz in unsere Richtung. Dann führte er sein Pferd zu jener Stelle, wo der andere Mann zuckend auf der Erde lag. Er brauchte eine Weile, um ihn auf sein Pferd zu hieven, es ist nämlich nicht ganz einfach, einen hilflosen Mann hochzuheben. Und er ging dabei langsam und ruhig zu Werke, als gehe ihn die Tatsache, daß die Männer, die seinen Freund vom Pferd geschossen hatten, nur wenige hundert Yards entfernt lagen, überhaupt nichts an. Es gelang ihm irgendwie, den verwundeten Mann quer über dem Sattel zu halten, während er neben dem Pferd herging. Nachdem er einige Yards gegangen war, blieb er stehen, es schien ihm noch etwas eingefallen zu sein. Er drehte sich um und winkte in die Richtung, wo er uns vermutete, als wollte er uns zum Schießen einladen. Die ganze Zeit über hatte ich einfach dagelegen und ihm zugesehen, verblüfft von seiner Kaltschnäuzigkeit.

Aber als er jetzt winkte, steckte ich eine weitere Patrone in den Verschluß meiner Martini und zielte. Auf diese Entfernung konnte ich nicht danebentreffen. Ich zielte sehr sorgfältig und wollte eben abdrücken, da legte Hannes die Hand um den Lauf und drückte mein Gewehr hoch.

»Schieß nicht, Oom Schalk«, sagte er. »Das ist ein tapferer Mann.«

Ich sah Hannes verblüfft an. Sein Gesicht war sehr weiß. Ich sagte nichts und ließ mein Gewehr ins Gras sinken, aber ich konnte nicht verstehen, was über meinen Neffen gekommen war. Es schien so, als sei nicht nur der Engländer wunderlich, sondern auch Hannes. Es ist nämlich völliger Unsinn, einen Mann nur deswegen nicht umzubringen, weil er tapfer ist. Ist er ein tapferer Mann und kämpft er auf der falschen Seite, dann ist das erst recht ein Grund, ihn abzuschießen.

Ich blieb danach noch mehrere Monate mit meinem Neffen Hannes zusammen. Dann wurde Hannes eines Tages während eines Scharmützels in der Nähe des Vaal-Flusses zusammen mit ein paar Dutzend weiterer Bürger vom Kommando abgeschnitten und mußte sich ergeben. Das war das letzte Mal, daß ich ihn sah. Später hörte ich, daß die Engländer Hannes, nachdem sie ihn gefangengenommen hatten, durchsuchten und Dumdumgeschosse in seinem Besitz fanden. Dafür erschossen sie ihn. Ich war sehr betrübt, als ich von Hannes' Tod erfuhr. Er war immer so voller Leben und Enthusiasmus gewesen. Vielleicht hatte Hannes recht gehabt, als er sagte, der Herr drücke angesichts einer kleinen Dummheit wie Dumdumgeschossen ein Auge zu. Sein Irrtum aber bestand darin, zu vergessen, daß die Engländer kein Auge zudrückten.

Ich war im Feld, bis Frieden geschlossen wurde. Dann legten wir unsere Gewehre nieder und gingen nach Hause. Das einzige, woran ich meine Farm wiedererkannte, war das Loch in der Bergflanke, aus dem ich Schiefer für den Dreschboden brach. Das war ungefähr das einzige, was noch so aussah, wie ich es zurückgelassen hatte. Alles andere war fort. Mein Haus war abgebrannt. Meine Ländereien waren verwüstet. Mein Vieh und meine Schafe waren niedergemetzelt. Sogar die Steinmauern, die ich für die Kraale aufgeschichtet hatte, waren eingerissen. Meine Frau kam aus dem Konzentrationslager heraus, und wir gingen gemeinsam einen Blick auf unsere alte Farm werfen. Meine Frau war mit unseren beiden Kindern ins Konzentrationslager gegangen, aber sie kam alleine wieder heraus. Und als ich sie wiedersah und die Veränderungen an ihr bemerkte, war mir klar, daß ich, der alle Gefechte mitgemacht hatte, den Burenkrieg gar nicht erlebt hatte.

Weder Sannie noch ich hatten das Herz, dieses Land weiter zu bewirtschaften. Es wäre nicht mehr dasselbe gewesen ohne die Kinder, die rund ums Haus spielten und Unfug machten. Wir bekamen, um einen Teil unserer Verluste zu ersetzen, von der neuen Regierung ein wenig Geld ausbezahlt. Also kaufte ich einen Wagen und Ochsen, und wir verließen den Freistaat, der noch nicht einmal mehr der Freistaat war. Mittlerweile hieß er Orange River Colony.

Wir zogen durchs gesamte Transvaal bis zum nördlichen Teil des Marico-Buschvelds. Jahre zuvor, als kleiner Junge, war ich mit meinen Eltern durch diese Landschaft getreckt. Jetzt, als ich wieder dorthin kam, spürte ich, daß es noch immer gutes Land war. Es war auf der Rückseite der Dwarsberge, in der Nähe von Derdepoort, wo wir von der Regierung eine Farm zur Verfügung gestellt bekamen. Später zogen auch andere Farmer in die Gegend. Einer oder zwei von ihnen waren auch aus dem Freistaat hergekommen, und ich kannte sie. Außerdem gab es eine

Reihe von Rebellen vom Kap, die ich im Kommando kennengelernt hatte. Wir alle hatten im Krieg Verwandte verloren. Einige waren in den Konzentrationslagern gestorben, andere auf den Schlachtfeldern. Wieder andere waren erschossen worden, weil sie in den Untergrund gegangen waren. Nimmt man also alles in allem, so waren wir, die wir in diesen Teil der Marico gezogen waren, der am nächsten an der Grenze zu Betschuanaland lag, alle sehr bitter gegen die Engländer gestimmt.

Und dann tauchte der Rotnacken auf.

Es geschah im ersten Jahr, nachdem wir uns in der Gegend von Derdepoort niedergelassen hatten. Wir hörten, daß ein Engländer eine Farm neben der von Gerhardus Grobbelaar gekauft hatte. Das war, als wir in der Stube im Haus von Willem Odendaal saßen, die als Postamt diente. Einmal in der Woche kam eine Postkutsche mit Briefen aus Zeerust, und dann trafen wir uns in Willem Odendaals Haus und redeten und rauchten und tranken Kaffee. Die wenigsten von uns bekamen jemals Briefe, und wenn, dann waren es meistens Zahlungsforderungen für die Tiefbrunnen, die auf unseren Farmen gebohrt worden waren, oder für Zement oder Zaunmaterial. Aber wir kamen jede Woche, um nach der Post zu sehen. Manchmal kam die Postkutsche auch nicht, weil der Groen River Hochwasser führte, und die meisten von uns wären wieder nach Hause gegangen, ohne es zu bemerken, hätte nicht irgend jemand darüber gesprochen.

Als Koos Steyn hörte, daß ein Engländer kommen wollte, um bei uns zu leben, erhob er sich von der Korbbank.

»Nein, Kerls«, sagte er. »Jedesmal wenn der Engländer auftaucht, heißt das, daß der Bure kurze Zeit später gehen muß. Ich packe meinen Wagen und mache Kaffee, und das erste, was ich morgen früh tun werde, ist davonzuziehen.«

Die meisten von uns lachten darüber. Koos Steyn sagte häufig solche komischen Sachen. Aber ein paar lachten auch nicht. Irgendwie schien dafür diesmal zuviel Wahrheit in Koos Steyns Worten zu liegen.

Wir besprachen die Sache und kamen zu dem Schluß, daß der Rotnacken, wenn wir Buren in der Marico es verhindern konnten, nicht allzulange unter uns bleiben würde. Ungefähr eine halbe Stunde später kam eines von Willem Odendaals Kindern herein und sagte, ein merkwürdiger Wagen nähere sich von der Hauptstraße her. Wir gingen zur Tür und blickten hinaus. Als der Wagen näher kam, konnten wir sehen, daß er voll bepackt war mit allen möglichen Möbeln, aber auch mit Eisenplatten und landwirtschaftlichem Gerät. Es war derart viel Zeug auf diesem Wagen, daß die Plane hatte abgenommen werden müssen, um alles unterzubringen.

Der Wagen rollte weiter und kam direkt vor dem Haus zum Halten. Ein weißer Mann und zwei Kaffern begleiteten den Wagen. Der weiße Mann rief den Kaffern etwas zu und warf die Peitsche hin. Dann kam er auf uns zu. Er war genauso gekleidet wie wir, mit Hemd und Hose und Veldskoens, und er war über und über mit Staub bedeckt. Als er aber über einen Dornbusch stieg, sahen wir, daß er Socken trug. Und da wußten wir, daß es sich um einen Engländer handelte.

Koos Steyn stand vor der Tür.

Der Engländer ging zu ihm hinauf und streckte die Hand aus.

»Guten Nachmittag«, sagte er auf afrikaans. »Mein Name ist Webber.«

Koos schüttelte ihm die Hand.

»Mein Name ist Prinz Lord Alfred Milner«, sagte Koos Steyn.

Es war die Zeit, als Lord Milner Gouverneur von Transvaal war, und wir lachten alle. Der Rotnacken lachte ebenfalls.

»Hören Sie, Lord Prinz«, sagte er, »ich spreche Ihre Sprache ein wenig, und ich hoffe, daß ich sie in einiger Zeit noch besser sprechen werde. Ich habe vor, hier zu leben, und ich hoffe, wir können alle Freunde sein.«

Er ging dann zu jedem von uns, aber die anderen drehten sich weg und weigerten sich, ihm die Hand zu schütteln. Zu mir kam er als letztes. Er tat mir leid, und obwohl seine Nation Unrecht an meiner Nation verübt hatte und ich meine beiden Kinder im Konzentrationslager verloren hatte, war das doch nicht so sehr die Schuld dieses einen Engländers hier. Es war die Schuld der englischen Regierung, die unsere Goldminen wollte. Und dann war es die Schuld von Königin Victoria, die Oom Paul Krüger nicht mochte, weil Oom Paul Krüger angeblich, als er nach London rüberreiste, nur ein paar Minuten lang mit ihr sprach. Oom Paul Krüger hatte gesagt, er sei ein verheirateter Mann und fürchte sich vor Witwen.

Als der Engländer Webber zu seinem Wagen zurückging, begleiteten Koos Steyn und ich ihn. Er erklärte uns, er habe die Farm neben der von Gerhardus Grobbelaar gekauft und wisse zwar nicht viel über Schafe und Vieh und Mais, aber er habe sich ein paar Bücher über Landwirtschaft gekauft, und aus denen wolle er alles lernen, was in ihnen stecke. Als er das sagte, blickte ich in die andere Richtung, zum Tor hin. Ich wollte nicht, daß er mich lachen sah. Koos Steyn aber reagierte anders.

»Mann«, sagte er, »lassen Sie mich diese Bücher sehen.«

Webber öffnete die Kiste am Boden des Wagens und entnahm ihr vielleicht sechs dicke, grün eingebundene Bücher.

»Das sind sehr gute Bücher«, sagte Koos Steyn. »Ja, sie sind sehr gut für die Termiten. Die Termiten werden sie in zwei Nächten aufgefressen haben.«

Wie schon gesagt, Koos Steyn war ein witziger Kerl, und jedermann mußte einfach über die Sachen, die er sagte, lachen.

Es waren schlechte Zeiten. Es herrschte Dürre, und wir konnten keinen Mais säen. Die Stauseen trockneten aus, und auf der Steppe wuchs nur mehr das Gras von letztem Jahr. Wir mußten wochenlang ununterbrochen Wasser aus den Tiefbrunnen pumpen. Dann kam die Regenzeit, und für eine Weile wurde es besser.

Webber sah ich ab und zu. Nach dem, was ich hörte, mußte er hart arbeiten. Aber natürlich ist kein Rotnacken in der Lage, sein Auskommen in der Landwirtschaft zu finden, es sei denn, er bekommt monatlich Geld aus England geschickt. Und wir fanden heraus, daß Webber fast das gesamte Geld, das er besaß, in die Farm gesteckt hatte. Er las ständig in jenen grünen Büchern nach, was er tun mußte. Es ist ein Glück, daß diese Bücher in Englisch geschrieben sind und die Buren sie nicht lesen können. Andernfalls würden jedes Jahr noch sehr viel mehr Farmer bankrott gehen. Ob sein Vieh an der Herzwasserkrankheit litt oder seine Schafe an der Blauzungenkrankheit, ob Schneidwürmer oder Stengelbohrer in seinem Mais steckten, Webber schlug alles in seinen Büchern nach. Ich nehme an, hätten die Kaffern seine Schafe gestohlen, er hätte auch das nachgeschlagen.

Aber Koos Steyn half Webber ziemlich viel und brachte ihm eine Reihe von Dingen bei, so daß nicht alles so schlecht für ihn lief, wie es gelaufen wäre, hätte er auf nichts anderes gehört als die Lügen, die in diesen grünen Büchern gedruckt waren. Webber und Koos Steyn freundeten sich recht eng an. Koos Steyns Frau hatte einige Wochen, bevor Webber aufgetaucht war, ein Baby bekommen. Es war ihr erstes Kind nach sieben Jahren Ehe, und sie waren sehr stolz darauf. Es war ein Mädchen. Koos Steyn sagte, er hätte lieber einen Jungen gehabt, aber auch so sei es besser als gar nichts. Webber mochte dieses Kind, das nach seiner Mutter auf den Namen Jemima getauft worden war, gleich von

Anfang an. Oft, wenn ich an Koos Steyns Haus vorüberkam, sah ich den Engländer mit dem Kind auf dem Schoß auf der vorderen Veranda sitzen.

Mittlerweile war den anderen Farmern der Gegend die Freundschaft Koos Steyns mit dem Rotnacken ein Dorn im Auge geworden. Sie sagten, Koos sei ein Hendsopper und ein Vaterlandsverräter. Er pflege Umgang mit einem Mann, der mitgeholfen habe, die Nation der Afrikaner zu Fall zu bringen. Aber es war nicht fair, Koos einen Hendsopper zu nennen. Als der Krieg ausbrach, hatte Koos im Graaf-Reinet-Distrikt gelebt, er war also ein Kap-Bure und hätte nicht zu kämpfen brauchen. Trotzdem schloß er sich einem Kommando des Freistaats an und blieb dabei bis zum Friedensschluß, und hätten die Engländer ihn irgendwann gefangengenommen, dann hätten sie ihn als Rebellen erschossen, genauso wie sie Scheepers und viele andere erschossen.

Einmal, als wir in Willem Odendaals Postamt saßen, brachte Gerhardus Grobbelaar das zur Sprache.

»Du tust nicht recht«, sagte Gerhardus. »Bure und Engländer sind schon seit vor Slagtersnek Feinde. Diesen Krieg haben wir verloren, aber eines Tages werden wir gewinnen. Es ist unsere Pflicht gegenüber unseren Kindeskindern, gegen die Rotnacken zusammenzustehen. Erinnere dich an die Konzentrationslager.«

Es schien mir viel Wahrheit in den Worten von Gerhardus zu stecken.

»Aber die Engländer sind jetzt nun mal hier, und wir müssen mit ihnen leben«, antwortete Koos. »Vielleicht werden wir, wenn wir lernen, einander zu verstehen, nicht mehr gegeneinander kämpfen müssen. Dieser Engländer Webber ist dabei, sehr gut Afrikaans zu lernen, und eines Tages ist er vielleicht beinahe einer von uns. Das einzige, was mir an ihm unverständlich ist, das ist, daß er jeden Morgen ein Bad nimmt. Aber wenn er damit aufhört und sich auch die Zähne nicht mehr bürstet, dann wird man ihn kaum mehr von einem Buren unterscheiden können.«

Obwohl er es in einen Witz verpackt hatte, schien mir auch in dem, was Koos Steyn sagte, Wahrheit zu liegen.

Dann brach im Jahr nach der Dürre der Milzbrand aus. Der Milzbrand schien im Gras der Steppe zu sein, im Wasser der Stauseen und sogar in der Luft, die das Vieh einatmete. Überall sah ich tote Kühe und Ochsen liegen. Wir wurden alle sehr mutlos. Fast alle von uns in diesem Teil der Marico hatten mit dem, was die Regierung uns gab, einen Neuanfang in der Landwirtschaft gewagt. Jetzt, wo unsere Herden starben, blieb uns nichts. Zuerst hatte uns die Dürre an den Punkt zurückgeworfen, an dem wir begonnen hatten. Und jetzt mit dem Milzbrand konnten wir nicht mehr hoffen, überhaupt noch etwas zu tun. Wir konnten nicht einmal Mais aussäen, denn bei der Geschwindigkeit, mit der das Vieh starb, würden wir in Kürze noch nicht einmal mehr Ochsen haben, um den Pflug zu ziehen. Man begann darüber zu reden, alles zu verkaufen, was man noch besaß, und Arbeit in den Goldminen zu suchen. Wir sandten eine Petition an die Regierung, aber das führte zu nichts.

Und dann kam irgendwer auf die Idee, daß man trecken müßte. Nach ein paar Tagen sprachen wir von nichts anderem mehr. Die Frage war nur, wohin wir ziehen könnten. Man würde uns, aus Angst, wir könnten auch dort den Milzbrand verbreiten, nicht nach Rhodesien hineinlassen. Und in irgendeinen anderen Teil Transvaals zu gehen war sinnlos. Irgend jemand erwähnte Deutsch-Südwestafrika. Keiner von uns war je dort gewesen, und ich glaube, das gab letztlich den Ausschlag dafür, daß wir uns entschlossen, dort hinzugehen.

»Der Fluch der Engländer liegt über Südafrika«, sagte Gerhardus Grobbelaar. »Wenn wir hierbleiben, werden wir alle sterben. Wir müssen irgendwohin, wo nicht die Flagge des Engländers weht.«

Im Laufe weniger Wochen hatten wir alles vorbereitet. Wir wollten durch die Kalahari bis auf deutsches Territorium trecken. Wir luden alles auf, was wir besaßen. Wir trieben das Vieh voran und folgten ihm auf unseren Wagen. Wir waren fünf Familien: die Steyns, die Grobbelaars, die Odendaals, die Ferreiras sowie Sannie und ich. Webber kam ebenfalls mit uns. Ich glaube, das lag weniger daran, daß er es eilig hatte fortzukommen, sondern mehr daran, daß er und Koos Steyn sich so aneinander angeschlossen hatten, daß der Engländer nicht alleine zurückbleiben wollte.

Die jüngste Person auf unserem Treck war Koos Steyns Tochter Jemima, die damals etwa achtzehn Monate alt war. Da sie die Jüngste war, wurde sie zu unser aller Maskottchen.

Webber verkaufte seinen Wagen und zog mit Koos Steyns Treck mit.

Als wir am Ende des ersten Tages einige Meilen innerhalb des Protektorats Betschuanaland ausspannten, waren wir alle sehr froh, Transvaal hinter uns gelassen zu haben, wo uns soviel Unglück widerfahren war. Gewiß, auch das Protektorat war englisches Territorium, aber dennoch fühlten wir uns besser als in unserem eigenen Land. Webber sahen wir jetzt jeden Tag, und obwohl er ein Ausländer mit merkwürdigen Sitten war und auch bis zu seinem Tod ein Uitlander bleiben würde, störte es uns doch weniger als zuvor, daß er ein Rotnacken war.

An unserem ersten Sonntag erreichten wir Malopolole. Auf dem ersten Teil unserer Reise war das Land immer noch Steppe. Es gab die gleichen Akazien, wie sie auch in der Marico wuchsen, nur daß es, je tiefer wir in die Kalahari vordrangen, weniger wurden. Der Boden wurde immer sandiger, bis es dann, noch bevor wir Malopolole erreichten, die reine Wüste geworden war. Nur Dornbüsche wuchsen noch hier und da. An diesem Sonntag hielten wir einen Gottesdienst ab. Gerhardus Grobbelaar las ein Kapitel aus der Bibel vor und sprach ein Gebet. Wir sangen eine Reihe Psalmen, danach betete Gerhardus wieder. Ich werde mich immer an jenen Sonntag erinnern und wie wir da neben einem der Wagen auf der Erde saßen und Gerhardus zuhörten. Dies war der letzte Sonntag, den wir alle zusammen erlebten.

Der Engländer saß neben Koos Steyn, und Klein-Jemima lag vor ihm. Sie spielte mit Webbers Fingern und versuchte, ihn zu beißen. Es machte Spaß, ihr zuzusehen. Mehrmals sah Webber zu ihr hinab und lächelte. Da dachte ich, mochte Webber auch keiner von uns sein, Jemima zumindest wußte nichts davon. Vielleicht war das Kind, was diese Dinge betrifft, weiser als wir. Für sie machte es keinen Unterschied, daß der Mann, in dessen Finger sie biß, in einem anderen Land geboren war und nicht dieselbe Sprache sprach wie sie.

Es gibt vieles, woran ich mich von diesem Treck in die Kalahari erinnere. Aber eine Sache, die mir heute merkwürdig vorkommt, ist, daß wir gleich vom ersten Tag an Gerhardus Grobbelaar als unseren Anführer anzusehen schienen. Was immer er sagte, wir taten es einfach, ohne groß darüber zu reden. Wir hatten alle das Gefühl, es werde schon richtig sein, nur weil Gerhardus es so wollte. Ja, das war eine seltsame Sache, was diesen Treck betraf. Es war nicht etwa einfach so, daß wir wußten, daß Gerhardus mit dem Herrn war – denn das wußten wir auch –, es war eher so, daß wir sowohl an Gerhardus glaubten als auch an den Herrn. Ich glaube, selbst wenn Gerhardus Grobbelaar ein gottloser Mann gewesen wäre, wären wir ihm trotzdem ganz genauso gefolgt. Denn wenn man in der Wüste ist, und es gibt kein

Wasser, und der Rückweg ist sehr weit, dann hat man das Gefühl, man hat besser einen starken Mann dabei, der nicht oft die Bibel aufschlägt, als einen Mann, der gut und religiös ist, aber dafür unsicher, wie weit man jeden Tag ziehen und wo man ausspannen soll.

Aber Gerhardus Grobbelaar war ein Mann Gottes. Zugleich jedoch war etwas an ihm, das einem das Gefühl gab, nur wenn man tue, wie er geraten hatte, könne man zum Erfolg kommen. Es gibt nur einen anderen Menschen, den ich getroffen habe, für den es so leicht war, die Leute dazu zu bekommen, das zu tun, was er wollte. Und das war Paul Krüger. Er ähnelte Gerhardus Grobbelaar sehr, nur daß Gerhardus weniger streitsüchtig war. Aber der größere Mann von beiden war Paul Krüger.

Ich erinnere mich nur an eine einzige Gelegenheit, bei der Gerhardus die Beherrschung verloren hat. Und das war anläßlich eines Nagmaals in Elandsberg. Es war ein Sonntag, und wir lagerten alle draußen am Ufer des Krokodilflusses. Am frühen Morgen ging Gerhardus von Wagen zu Wagen und sagte uns, er wolle, daß wir alle zu seinem Wagen herüberkämen. Der Herr war damals gut zu uns gewesen, wir hatten reichlich Regen gehabt, und unser Vieh war fett. Gerhardus erklärte, daß er einen Gottesdienst abhalten wolle, um Gott für alle Seine guten Taten zu danken, besonders aber für das, was Er den Farmern im nördlichen Teil des Groot Marico Distrikts Gutes getan habe. Das war eine gute Idee, und wir kamen alle mit unseren Bibeln und Gesangbüchern zusammen. Nur ein einziger Mann, Karel Pieterse, blieb bei seinem eigenen Wagen sitzen. Zweimal ging Gerhardus ihn holen, aber Karel Pieterse legte sich ins Gras und wollte nicht aufstehen, um zum Gottesdienst zu kommen. Er sagte, es sei ja schön und gut, dem Herrn jetzt zu danken, wo es geregnet habe, aber was sei dann mit all den anderen Jahreszeiten, in denen

Dürre geherrscht hatte und das Vieh verdurstet war. Gerhardus Grobbelaar schüttelte traurig den Kopf und sagte, dann könne er auch nichts mehr tun, denn es sei Sonntag. Aber er betete darum, der Herr möge Bruder Pieterses Herz erweichen, und beendete sein Gebet mit der Ankündigung, daß er selbst jedenfalls am kommenden Morgen höchstpersönlich das Seine dazu tun werde, das Herz des Bruders zu erweichen.

Am nächsten Morgen ging Gerhardus mit einem Sjambok und einem Ochsenziemer dorthin, wo Karel Pieterse vor seinem Feuer saß und zusah, wie der Kaffer Kaffee machte. Beide waren sie kräftig gebaute Männer. Aber Gerhardus behielt in ihrem Kampf die Oberhand. Am Ende siegte er. Er band Karel mit der Ochsenleine am Rad seines Wagens fest. Dann peitschte er ihn mit dem Sjambok aus, während Karels Frau und Kinder zusahen.

Das war vor Jahren geschehen. Aber niemand hatte es vergessen. Und als Gerhardus uns jetzt in der Kalahari zu einem Gottesdienst lud, da blieb wohlgemerkt kein einziger Mann fern.

Direkt außerhalb von Malopolole fließt ein schlammiger Bach, der einen Teil des Jahres trocken ist und den anderen vielleicht einen Fuß hoch brackiges Wasser führt. Wir hatten Glück, gerade zu einer Zeit dort zu sein, wo es Wasser gab. Früh am nächsten Morgen füllten wir die Wassertonnen auf, die wir, bevor wir die Marico verließen, auf unsere Wagen gepackt hatten. Wir fuhren direkt in die Wüste hinein und wußten nicht, wo wir das nächste Mal Wasser finden würden. Selbst die Bakwena-Kaffern konnten uns das nicht mit Gewißheit sagen.

»Der große Dorstland-Treck«, rief Koos Steyn, als wir uns zur Weiterfahrt aufmachten. »Aber uns wird es nicht so schlimm ergehen wie den Dorstland-Treckern. Erst mal werden wir weniger Vieh verlieren als die, weil wir weniger haben. Und da wir lediglich fünf Familien sind, wird auch nicht mehr als ein Dutzend von uns verdursten.«

Ich fürchtete, es könnte Koos Steyn Unglück bringen, solche Scherze über den Dorstland-Treck zu machen, und ich glaube, den anderen ging es ähnlich. Wir zogen den ganzen Tag weiter, und überall war nur Wüste. Bei Sonnenuntergang hatten wir nirgendwo eine Spur von Wasser gesehen. Gegen Abend meinte Abraham Ferreira, es wäre vielleicht besser, zurück nach Malopolole zu gehen und Gewißheit darüber zu erlangen, welches der beste Weg durch die Kalahari sei. Aber die anderen sagten, das sei nicht nötig, weil wir am nächsten Tag bestimmt Wasser finden würden. Außerdem waren wir schließlich Dopper, und da wir uns nun einmal aufgemacht hatten, würden wir nicht wieder umkehren. Aber nachdem wir unserem Vieh Wasser gegeben hatten, war in unseren Tonnen nicht mehr viel übrig.

Zur Mitte des folgenden Tages war all unser Wasser verbraucht, mit Ausnahme einer kleinen Reserve für die Kinder. Aber noch immer zogen wir weiter. Nun waren wir so weit gekommen, daß wir Angst hatten umzukehren wegen des langen Weges, den wir bis Malopolole dann ohne Wasser würden zurücklegen müssen. Am Abend überkam uns große Furcht. Wir knieten alle im Sand nieder und beteten. Gerhardus Grobbelaars Stimme klang sehr tief und ernst, als er Gott um Gnade für uns anflehte, vor allem um der Kinder willen. Klein-Jemima nannte er sogar mit Namen. Der Engländer kniete neben mir, und mir fiel auf, daß er zitterte, als Gerhardus Koos Steyns Kind erwähnte.

Der Mond schien. Überall um uns herum war Wüste. Unsere Wagen sahen sehr klein und verlassen aus; irgend etwas an ihnen wirkte tieftraurig. Die Frauen und Kinder umarmten einander und weinten lange. Unsere Kaffern standen in einiger Entfernung und beobachteten uns. Meine Frau Sannie legte ihre

Hand in meine, und ich dachte an das Konzentrationslager. Die arme Frau, was hatte sie alles erlitten. Und ich wußte, daß sie das gleiche dachte wie ich: Daß es vielleicht besser war, daß unsere Kinder schon damals gestorben waren.

Wir waren so tief in der Wüste, daß wir anfingen, einander zu erzählen, wir müßten jetzt fast hindurch sein. Obwohl wir wußten, daß Deutsch-Südwestafrika weit entfernt war und daß wir kaum weitergekommen waren als über den Anfang der Kalahari hinaus, versuchten wir, einander Lügenmärchen darüber zu erzählen, wie nah das Wasser gewiß schon wäre. Aber natürlich erzählte jeder diese Lügenmärchen nur den anderen. Tief in sich drin wußte jeder Mann die Wahrheit. Und später dann hörten wir auch auf, einander Lügenmärchen über unsere guten Aussichten zu erzählen, aus dieser Sache lebend herauszukommen. Wie weit es mit uns gekommen war, sieht man daran, daß wir uns nicht länger Mühe gaben, den Frauen und Kindern unsere Situation zu verheimlichen. Da weinten sie, einige zumindest. Aber das machte auch keinen Unterschied mehr. Niemand versuchte, die weinenden Frauen und Kinder zu trösten. Wir wußten, daß die Tränen der Frauen nutzlos waren, und doch fanden wir sie in diesem Stadium auch nicht nutzloser als den Mut der Männer. Nach einer Weile wurde in unserem Lager nicht mehr geweint. Einige der Frauen, die die schrecklichen Erlebnisse der darauffolgenden Tage durchlebten und lebendig zurück nach Transvaal kamen, weinten nie mehr. Was sie gesehen hatten, hatte sie offenbar verhärtet. Was das betrifft, waren sie geworden wie die Männer. Das ist für mich das Traurigste, was in dieser Welt passieren kann, wenn Frauen solches Leid durchleben, daß sie werden wie die Männer.

In jener Nacht taten wir kaum ein Auge zu. Früh am nächsten Morgen zogen die Männer aus, um nach Wasser zu suchen.

Eine Stunde nach Sonnenaufgang kam Ferreira zurück und sagte uns, er habe ein paar Meilen weiter ein schlammiges Wasserloch gefunden. Wir gingen alle hin, aber es gab dort nicht viel Wasser. Immerhin, wir füllten die Fässer ein wenig auf und fühlten uns besser danach. Erst als wir unser Vieh zu dem Schlammloch treiben wollten, bemerkten wir, daß unsere Kaffern uns in der Nacht im Stich gelassen hatten. Sie hatten sich davongestohlen, nachdem wir uns schlafen gelegt hatten. Einige der schwächeren Tiere schafften es nicht aufzustehen, um zu dem Wasserloch zu gehen. Also ließen wir sie zurück. Einige wurden zu Tode getrampelt oder erstickten im Schlamm, und wir mußten sie rausziehen, damit die anderen auch ans Loch kamen. Es war zum Erbarmen.

Kurz bevor wir weiterzogen, starb eine von Ferreiras Töchtern. Wir schaufelten ein Loch in den Sand und begruben sie.

Und so entschlossen wir uns umzukehren.

Als seine Tochter tot war, ging Abraham Ferreira zu Gerhardus und sagte ihm, daß seine Tochter, wären wir seinem Ratschlag gefolgt, nicht gestorben wäre.

»Deine Tochter ist tot jetzt, Abraham«, sagte Gerhardus. »Es hat keinen Sinn, noch weiter über sie zu sprechen. Wir müssen alle eines Tages sterben. Ich habe mich zuvor geweigert zurückzugehen. Jetzt habe ich beschlossen, daß wir zurückgehen.«

Abraham Ferreira sah Gerhardus in die Augen und lachte. Ich werde mich mein Lebtag daran erinnern, wie dieses Gelächter in der Wüste klang. In Abrahams Stimme lag die Heiserkeit des Sandes und des Durstes. Seine Stimme war brüchig von dem, was die Wüste ihm angetan hatte, sein Gesicht war faltig und seine Lippen schwärzlich. Aber nichts an ihm deutete auf Gram über den Tod seiner Tochter hin.

»Deine Tochter lebt noch, Oom Gerhardus«, sagte Abraham

Ferreira und deutete auf den Wagen, in dem Gerhardus' Frau lag, die sehr schwach war, und das Kind, das sie erst einige Monate zuvor zur Welt gebracht hatte. »Ja, sie lebt noch … noch lebt sie.«

Ferreira wandte sich lachend ab, und ein Weilchen später hörten wir, wie er mit sich überschlagender Stimme seiner Frau den Witz erklärte, den er gemacht hatte.

Gerhardus Grobbelaar sah nur einfach zu, wie der andere Mann davonging, ohne etwas zu sagen. Bis dahin waren wir Gerhardus durch dick und dünn gefolgt, und unser Vertrauen zu ihm war groß gewesen. Aber jetzt, da wir beschlossen hatten, uns zurückzuziehen, verloren wir unseren Glauben an ihn. Und wir verloren ihn auf einen Schlag. Wir wußten, daß es das beste war zurückzugehen und daß weiterzuziehen bedeutet hätte, daß wir alle in der Kalahari sterben würden. Und doch, hätte Gerhardus gesagt, wir müßten noch weiter ziehen, wir hätten es getan. Wir wären ihm bis ganz zum Schluß gefolgt. Aber jetzt, wo er mit anderen Worten sagte, daß er sich der Wüste geschlagen gab, hatten wir kein Zutrauen mehr zu Gerhardus. Das ist auch der Grund, warum ich sagte, daß Paul Krüger ein größerer Mann war als Gerhardus. Denn Paul Krüger war die Art von Mann, die wir auch noch anbeteten, als er zum Rückzug blies. Hätte Paul Krüger uns gesagt, wir müßten umkehren, dann wären wir mit mutigen Herzen zurückgezogen. Wir hätten unserem Führer dieselbe Liebe gezollt wie zuvor, auch wenn wir gewußt hätten, daß er geschlagen war. Aber ab dem Moment, da Gerhardus sagte, wir müßten umkehren, wußten wir alle, daß er nicht länger unser Anführer war. Und Gerhardus selbst wußte es auch.

Wir wußten, was zwischen uns und Malopolole lag, und wir hatten tiefe Zweifel im Herzen, als wir unsere Wagen wenden ließen. Unsere Tiere waren sehr schwach, und wir mußten alle anspannen, die gehen konnten. Wir hatten nicht genügend Joche, deswegen schnitten wir Stangen von den vereinzelten Büschen und befestigten sie an den Zugketten. Da wir auch keine Jochnägel hatten, mußten wir die Joche mit Riemen direkt an den Nacken der Ochsen befestigen, und mehrere Ochsen wurden stranguliert.

Dann sahen wir, daß Koos Steyn übergeschnappt war. Er weigerte sich nämlich umzukehren. Er spannte seine Ochsen ein und machte sich daran weiterzufahren. Seine Frau saß mit dem Kind schweigend im Wagen. Wo immer ihr Mann hinging, würde sie ihn begleiten. Das war natürlich nur richtig so. Ein paar Frauen küßten sie zum Abschied und weinten. Aber Koos Steyns Frau weinte nicht. Wir versuchten, Koos Steyn zuzureden, aber er sagte, er habe sich entschlossen, die Kalahari zu durchqueren, und er habe nicht vor, aus reinem Übermut umzukehren.

»Aber Mann«, sagte Gerhardus Grobbelaar zu ihm, »du hast kein Wasser zum Trinken.«

»Dann trinke ich eben Kaffee«, antwortete Koos Steyn, wobei er lachte wie immer, die Peitsche in die Hand nahm und neben seinem Wagen her davonging. Und Webber ging mit ihm, nur einfach weil Koos Steyn ihn gut behandelt hatte, nehme ich an. Deswegen habe ich auch gesagt, daß Engländer wunderlich sind. Webber muß gewußt haben, daß das, was Koos Steyn jetzt vorhatte, mochte er auch selbst nicht völlig verrückt geworden sein, doch absoluter Wahnsinn war, und trotzdem blieb er bei ihm.

Wir trennten uns. Unsere Wagen kehrten langsam in Richtung Malopolole zurück. Koos Steyns Wagen rollte tiefer in die Wüste hinein. Mein Wagen war der letzte. Ich blickte zurück auf die Steyns. In diesem Augenblick sah sich auch Webber um. Er sah mich und winkte mir zu. Das erinnerte mich an den Tag im

Burenkrieg, als jener andere Engländer, dessen Kameraden wir erschossen hatten, sich auch umdrehte und winkte.

Irgendwann kamen wir nach Malpolole zurück, mit zwei Wagen und einer Handvoll Tiere. Die anderen Wagen gaben wir auf. Schreckliche Dinge geschahen in jener Wüste. Mehrere Kinder starben. Gerhardus Grobbelaars Wagen fuhr vor meinem. Einmal sah ich, wie aus der seitlichen Plane ein Bündel fallen gelassen wurde. Ich wußte, was es war. Gerhardus machte sich nicht die Mühe, sein totes Kind zu beerdigen, und seine Frau lag unter der Plane und war zu schwach, sich zu bewegen. Also stieg ich vom Wagen und schaufelte einen kleinen Haufen Sand über den Körper. Das einzige, woran ich mich vom Rest des Trecks bis Malopolole noch erinnern kann, sind Sonne und Sand. Und der Durst. Obwohl wir einmal glaubten, wir hätten uns verirrt, kümmerte uns das nicht weiter. Wir hatten keine Gefühle mehr. Wir vermochten weder zu beten noch zu fluchen, unsere trockenen Zungen klebten am Gaumen fest.

Bis heute bin ich mir nicht sicher, wie viele Tage wir auf unserem Rückweg unterwegs waren, und wenn ich mich hinsetze und versuche es auszurechnen, gerät mir alles durcheinander. Wir erreichten schließlich Malopolole und das Wasser. Wir sagten, wir würden nie wieder von dort weggehen. Ich glaube, daß selbst die Eltern, die Kinder verloren hatten, nicht um sie trauerten. Sie waren zu betäubt von dem, was sie durchgemacht hatten. Aber ich wußte, daß später alles wiederkommen würde. Dann würden ihnen Dinge wie jene flachen Gräber im Sand wieder einfallen, und Gerhardus Grobbelaar und seine Frau würden an ein kleines Bündel denken, das irgendwo in der Kalahari lag. Und ich wußte, was sie dann fühlen würden.

Nach der Rückkehr rüsteten wir einen Wagen aus und spannten frische Ochsen davor; wir nahmen genügend Wasservorräte mit und fuhren zurück in die Wüste, um nach der Familie Steyn zu suchen. Mit der Hilfe von Betschuana-Kaffern, die imstande waren, Spuren zu finden, die wir nicht sehen konnten, entdeckten wir den Wagen. Die Ochsen waren ausgespannt worden, einige lagen tot neben dem Wagen. Die Kaffern zeigten uns Fußspuren im Sand, die zeigten, in welche Richtung die beiden Männer und die Frau gegangen waren.

Schließlich fanden wir sie.

Koos Steyn und seine Frau lagen nebeneinander im Sand, der Kopf der Frau ruhte auf der Schulter des Mannes, ihr langes Haar hatte sich gelöst und wehte sanft im Wind. Eine Menge feiner Sand war über ihre Körper geweht. Neben ihnen lag der Engländer mit dem Gesicht nach unten. Klein-Jemima fanden wir nicht. Sie mußte irgendwo unterwegs gestorben sein, und Koos Steyn mußte sie begraben haben. Aber wir waren uns einig, daß der Engländer Webber Schreckliches durchgemacht haben mußte; offenbar war ihm gar nicht mehr klargeworden, was die Steyns mit ihrer Tochter getan hatten. Wahrscheinlich war er bis zum Augenblick seines Todes überzeugt gewesen, daß er das Kind trug. Denn als wir die Leiche umdrehten, entdeckten wir, noch immer von seinen totenstarren Armen umklammert, ein paar alte Lumpen und die Kleider eines Kindes.

Wir hatten den Eindruck, diesen Morgen wehe der Wind, der immer bläst in der Kalahari, sehr leise und sanft.

Ja, der Wind wehte unendlich behutsam.

Prunk aus Ramoutsa

NEIN (SAGTE OOM SCHALK LOURENS), nein, ich weiß wirklich nicht, warum die Leute mich immer darum bitten, ihnen Geschichten zu erzählen. Auch wenn sie alle wissen, daß ich bessere Geschichten erzählen kann als irgendwer sonst. Sehr viel bessere. Was ich meine, ist, ich frage mich, warum Menschen Geschichten zuhören. Natürlich ist es leicht zu verstehen, warum ein Mensch mich bittet, ihm eine Geschichte zu erzählen, wenn in der Marico gerade Dürre herrscht. Er tut das, weil er dann nämlich auf der Veranda sitzen, seine Pfeife rauchen und Kaffee trinken kann, während ich rede, so daß meine Geschichte ihn davor bewahrt, in der heißen Sonne zu seinem Tiefbrunnen gehen und Wasser für sein Vieh hochpumpen zu müssen.

An der ernsten Miene, mit der die Farmer der Marico mich zu bestimmten Zeiten um Geschichten bitten, kann ich immer erkennen, daß da entweder kein Wind geht, um die Mühle anzutreiben, oder daß der Pumpenschwengel zu schwer ist oder das Wasser im Brunnen zu tief steht. Und bei solchen Gelegenheiten ist mir oft der gramvolle Ausdruck aufgefallen, den die Augen der Männer anzunehmen beginnen, wenn sie merken, daß ich ans Ende meiner Geschichte komme und sie bald nach ihrem Hut werden greifen müssen.

Und wenn ich die Geschichte dann beendet habe, sagen sie:

»Ja, Oom Schalk, so geht's zu in der Welt. Ja, das war eine sehr tiefe Geschichte.«

Aber dabei weiß ich, daß sie in Wirklichkeit nur daran denken, wie tief das Wasser in ihrem Tiefbrunnen steht.

Wie schon gesagt, ich fange erst an – so wie jetzt auch – mir Fragen zu stellen, wenn die Leute andere Gründe haben, mich um eine Geschichte zu bitten. Wenn sie mich in Zeiten fragen, in denen nicht gepflügt werden muß und in denen auch nicht in der Hitze des Tages Stacheldrahtzäune gezogen werden müssen. Und ich glaube, daß diese Gründe tiefer sitzen als alle Geschichten und auch tiefer, als das Wasser bei Dürre im Tiefbrunnen steht.

Nehmen wir zum Beispiel den jungen Krisjan Geel. Er lauschte einmal einer Geschichte. Natürlich war es närrisch von ihm, ihr zu lauschen, vor allem weil nicht ich sie ihm erzählte. Er hatte sie von dem Inder hinterm Tresen des Ladens in Ramoutsa gehört. Krisjan Geel erzählte mir diese Geschichte weiter, und ich sagte ihm ins Gesicht hinein, daß ich nicht viel von ihr hielt. Ich sagte, daß jedermann schon gleich zu Anfang erraten könne, warum die Prinzessin neben der Quelle saß. Jedermann konnte sich denken, daß sie dort nicht nur hingekommen war, weil sie Durst hatte. Ich sagte auch, daß die Geschichte zu lang sei, und daß ich sie, selbst wenn meine Gedanken anderswo gewesen wären, auf eine Weise erzählt hätte, daß die Leute sie bis zum Ende hätten hören wollen. Und ich wies ihn noch auf eine ganze Reihe anderer solcher Details hin.

Krisjan Geel sagte, ich hätte zweifellos recht, aber der Mann, der ihm die Geschichte erzählt habe, sei schließlich nur ein Inder gewesen, und vielleicht habe er es ja für einen Inder gar nicht so schlecht gemacht. Er sagte auch, es seien eine Menge Kunden im Laden gewesen, und das habe es für den Inder schwieriger gemacht, die Geschichte anständig zu erzählen, weil er die ganze Zeit in einer völlig schiefen Haltung dagestanden habe, um mit dem Fuß auf der Waage die Waren abwiegen zu können.

Seinem Ton nach zu urteilen, tat Krisjan Geel der Inder ziemlich leid.

Also mußte ich ernsthaft mit ihm reden.

»Dieser Inder im Laden in Ramoutsa«, sagte ich, »hat mir schon wesentlich bessere Geschichten als diese hier aufgetischt. Einmal hat er mir erzählt, es sei kein gebrannter Mais unter die Kaffeebohnen gemischt, die er mir verkauft hat. Und eine andere Geschichte, die beinahe ebenso gut war, da erzählte er mir –«

»Aber der Gedanke, daß die Prinzessin hinging und bei der Quelle wartete«, unterbrach Krisjan Geel mich, »nur weil sie den jungen Mann dort ein einziges Mal gesehen hatte!«

»Eine andere gute Geschichte«, beharrte ich, »war, als er mir erzählte, in dem Sack gelben Zucker, den ich gekauft hatte, sei kein Kalahari-Sand.«

»Und dabei hatte sie ihn nur ein einziges Mal gesehen«, fuhr Krisjan Geel fort, »und sie war eine Prinzessin.«

»Und den größten Teil dieses Zuckers mußte ich dann an die Schweine verfüttern«, sagte ich, »da er sich weder auflöste noch den Kaffee süßte. Er lag einfach wie Dreck auf dem Tassenboden.«

»Sie hat an dieser Quelle gewartet, weil sie in ihn verliebt war«, schloß Krisjan Geel lahm.

»Also habe ich ihn dann mit dem Maisbrei für die Schweine vermischt«, sagte ich. »Und die haben das Ganze sehr schnell aufgefressen. Es ist komisch, wie schnell Schweine fressen.«

Daraufhin sagte Krisjan Geel nichts mehr. Zweifelsohne hatte er verstanden, daß ich ihm nicht gestattete, mich mit einer Geschichte zu beeindrucken, die ein Inder erzählt und noch nicht mal sonderlich gut erzählt hatte. Mir war aber klar, worauf der Inder hinauswollte. Nur weil ich nach dieser unangenehmen Erfahrung mit den Kaffeebohnen und dem Zucker, die in Wahrheit nichts anderes waren als geröstete Maiskörner und Kalahari-Sand – was ich einer ganzen Reihe meiner Nachbarn auch deutlich erklärte –, nicht mehr in seinem Laden einkaufte, hatte er diese ungebührliche Methode ersonnen, es mir heimzuzahlen. Er positionierte sich als mein Rivale. Er würde jetzt auch Geschichten erzählen.

Und aufgrund des Vorsprungs, den ich dabei auf ihn hatte, würde er alle möglichen unfairen Mittel einsetzen. Wie zum Beispiel Prinzessinnen in Geschichten zu plazieren. Und Schlösser. Und Elefanten, die mit gelben und roten Behängen geschmückt waren und denen man beigebracht hatte, auf einen Befehl hin die Feinde des Königs totzutrampeln. Wogegen die einzige Art Elefanten, über die ich sprechen konnte, diejenigen waren, die weder rote Behänge noch goldene Armreife trugen und die sich auch nicht darum scherten, ob man der Feind des Königs war oder nicht; sie trampelten einen einfach so tot und das auch noch, ganz ohne daß es ihnen jemand beibringen mußte.

Zunächst fand ich, daß es sehr unfair von dem Inder war, mit derartigen Geschichten daherzukommen. Dagegen kam ich nicht an. Und ich kam zu dem Schluß, daß in dem, was einige der Redner bei Wahlkampfveranstaltungen über das Inderproblem sagten, eine Menge Wahrheit steckte.

Aber nachdem ich eingehend darüber nachgedacht hatte, wußte ich, daß es keine Rolle spielte. Mochte der Inder so viele Geschichten erzählen, wie er wollte, über eine Prinzessin, die auf einem Elefanten durch die Gegend ritt. Denn eines gab es doch, das ich, wie ich wohl wußte, immer besser können würde als der Inder. Mit wenigen Worten, und ohne die Prinzessin überhaupt zu erwähnen, war ich fähig, die Menschen ganz unterschwellig erkennen zu lassen, was in ihrem Herzen vorging. Und das war wichtiger als Paläste und Tempel und Elefanten mit Goldschmuck an den Füßen.

Vielleicht spürte der Inder die Wahrheit dessen, was ich hier sage. Jedenfalls war es so, daß er nach einer Weile aufhörte, die Zeit seiner Kunden mit Geschichten über Kaiser zu vergeuden. Während er ihnen zugleich mitteilte, daß der Preis für Desinfektionsmittel und Wagenschmiere hochgegangen sei. Vielleicht war es auch so, daß seine Kunden es einfach leid wurden, ihm zuzuhören.

Aber bevor es soweit war, gaben mehrere Farmer mir auf eine Weise, die sie für lustig und humorvoll hielten, zu verstehen, daß ich ein bißchen mehr Rasanz würde in meine Geschichten packen müssen, wenn ich auf der Höhe bleiben wolle. Sie meinten, ich müsse wenigstens irgendwie einen König und ein paar Prinzen darin unterbringen und außerdem einen Rattenschwanz von Elefanten mit Diamanten aus Namaqualand in den Ohren.

Ich erklärte ihnen, daß sie großen Unsinn redeten. Ich wies sie darauf hin, daß es keinen Sinn hätte, wenn ich versuchen würde, den Leuten etwas über Könige und Prinzen und dressierte Elefanten zu erzählen, wo ich doch weder etwas von ihnen wußte, noch auch, was sie überhaupt tun sollten.

»Sie müssen doch gar nichts tun«, erklärte Frik Snyman, »du kannst doch einfach erwähnen, daß in der Nähe so ein feierlicher Umzug mit ihnen stattfand, während das, worüber du erzählst, gerade passierte. Du brauchst sie doch nur kurz zu erwähnen, Oom Schalk, und mußt weiter nichts über sie sagen, bis du schon mitten in deiner nächsten Geschichte bist. Und dann erklärst du, daß die Leute in diesem Umzug nichts mit der Geschichte zu tun hatten, sondern nur einfach auf dem Weg anderswohin gerade vorbeigekommen sind.«

Natürlich sagte ich, daß das Unfug sei. Ich sagte, wenn ich diesen selben Umzug immer und immer wieder benutzen müsse, dann würden dessen Teilnehmer ziemlich verdreckt aussehen, nachdem sie durch mehrere meiner Geschichten gezogen waren. Es würde dann ein ziemlich zerlumpter und verstaubter Umzug sein.

»Und das nächste Mal, wenn du uns von einem Mädchen erzählst, Oom Schalk, das zum Nagmaal nach Zeerust geht«, fuhr Frik Snyman fort, »dann kannst du doch dazusagen, daß zwei Männer einen roten Schirm für sie hochhielten und daß sie Juwelen im Haar hatte und einen Schlangentanz aufführte.«

Ich wußte, daß Frik Snyman solche gedankenlosen Bemerkungen nur wegen der Dinge machte, die er im Lichtspiel gesehen hatte und die ihm zu Kopfe gestiegen waren.

Nichtsdestoweniger mußte ich mir eine Menge solch abseitiger Bemerkungen anhören, bevor der Inder in Ramoutsa es aufgab, seine Kunden mit leeren Worten zu unterhalten.

Die Tage vergingen, die Dürre kam, und die Farmer in der Marico verbrachten ihre meiste Zeit an den Tiefbrunnen und bewegten die schweren Pumpenschwengel auf und ab. So daß der kurze Frühling des Inders als Geschichtenerzähler bald vergessen war. Selbst Krisjan Geel gab schließlich zu, daß man es auch übertreiben könne mit diesen ganzen Geschichten über Prunk und Pracht.

»All das Zeug, was er über Tempel und so erzählt«, sagte Krisjan Geel, »mit weißen Böden und glänzenden roten Steinen, die darin eingelegt sind. Und Radschas. Weißt du, was ein Radscha ist, Oom Schalk? Nein, und ich weiß es auch nicht. Man kann davon auch genug bekommen. Nur diese eine Geschichte von ihm hat etwas getaugt. Die über die Prinzessin. Sie hatte Edelsteine im Haar und Perlen in ihr Kleid gewirkt. Und deswegen erriet der junge Mann nie, warum sie dahin gekommen war. Er kam nicht darauf, daß sie ihn liebte. Aber vielleicht habe ich dir die Geschichte beim ersten Mal auch nicht richtig erzählt, Oom Schalk. Vielleicht sollte ich sie dir einfach noch mal erzählen. Ich hab sie schon so vielen Leuten erzählt.«

Aber ich lehnte sein Angebot hastig ab. Ich antwortete ihm, es sei nicht nötig, das alles noch einmal aufzurollen. Ich sagte, ich könne mich sehr gut an die Geschichte erinnern, und wenn es ihm nichts ausmache, dann wäre es mir lieber, sie nicht ein zweites Mal zu hören. Vielleicht würde er sie ja auch verderben, wenn er sie noch einmal erzählte.

Aber es war nur deshalb, weil er jung und unerfahren sei, sagte ich, daß er sich von dieser Geschichte so habe mitreißen lassen. Ich erzählte ihm von anderen jungen Männern in der Marico, die sich irgendwann ein falsches Bild von bestimmten Dingen gemacht hätten und die dann später zu mir gekommen seien und es zugegeben hätten.

»Der Grund dafür, daß du dich so für diese Geschichte interessierst«, sagte ich, »ist, weil du dich gerne selbst als dieser junge Mann sähest.«

Krisjan Geel stimmte mir zu, daß die Geschichte ihm aus diesem Grund so viel Eindruck gemacht habe. Und dann sagte er, daß einem jungen Mann in der Marico wahrhaftig kein Glück beschieden sei. Da waren die Dürren, und das Vieh bekam den Milzbrand, und die Moskitos sirrten herum, so daß man nachts keinen Schlaf fand.

Und als Krisjan Geel sich verabschiedete, konnte ich ganz deutlich sehen, wie sehr er den jungen Mann in der Geschichte des Inders beneidete.

Wie ich schon zu Anfang sagte, es ist etwas Merkwürdiges um Geschichten und um die Leute, die ihnen lauschen. Das wurde mir ein paar Wochen später an einem heißen Nachmittag ganz besonders deutlich, als ich Lettie Viljoen sah. Die Sonne schien auf ihr nach oben gewandtes Gesicht und auf ihr strahlendes blondes Haar. Sie saß da, eine Hand ins trockene Gras des letzten Sommers gestützt, und ich dachte, was für eine graziöse Erscheinung sie doch sei und wie zart ihre Handgelenke waren.

Und da Lettie Viljoen nicht auf dem Rücken eines Elefanten mit orangefarbenen Decken und goldenen Armreifen angeritten gekommen war, und weil sie auch keine Kette von roten Edelsteinen um den Hals trug, war es Krisjan Geel natürlich klar, daß sie keine Prinzessin war.

Und ich nehme an, das wird auch der Grund dafür gewesen sein, daß Krisjan Geel die ganze Zeit über, die er mit ihr redete und während der er ihr jene Geschichte über die Prinzessin an der Quelle erzählte, nicht das Geheimnis Lettie Viljoens erriet und warum sie bei dieser Hitze an den Tiefbrunnen gekommen war.

Anhang

Nachwort

Der berühmte André Gide hegte größte Bewunderung (die ja oft aus der Einsicht kommt, daß der andere etwas kann, was man selbst beim besten Willen nicht vermag und daher auch eigentlich gar nicht können will) für diejenigen seiner Kollegen, die im Gegensatz zu ihm, wie er freimütig bekannte, wirklich etwas zu erzählen hatten. Dazu gehörten Georges Simenon und vor allem auch Jean Giono, der provenzalische Rhapsode.

Diesem schrieb Gide ganz offen, es graue ihm vor der Zeit, als der Schriftsteller noch sein Brot auf offenem Marktplatz als Schilderer spannender Geschichten habe verdienen müssen. »Ich wäre bei solchen Verhältnissen mitsamt meiner Familie kläglich verhungert!« gestand der Nobelpreisträger in weiser Selbsteinschätzung und fügte ratlos hinzu: »Wie machen Sie das bloß?«

Ja, weniger und weniger unserer großen modernen Schriftsteller können und wollen das noch, eine Gruppe Zuhörer (oder Leser) fesseln mit ihren Künsten. Sie überlassen das lieber der Zerstreuungsliteratur, die das Erbe des spannenden Erzählens mit mehr oder weniger Glück und Geschick verwalten muß.

Um so größer ist daher die Freude, einen Autor zu entdecken, der höchst originell schreibt und sich der Sprache verpflichtet fühlt (in diesem Falle weniger der opulenten, metaphernreichen als der sparsamen, treffsicheren), und der einem dennoch Lektüreerlebnisse beschert, die ebenso rote Wangen und feuchte

Hände (und eine unregelmäßige Atmung) machen, als säße man Homer oder Scheherazade persönlich gegenüber.

Herman Charles Bosman (1905–1951) war solch ein Schriftsteller, der auf den Marktplätzen ein erkleckliches Einkommen erwirtschaftet hätte. Bei Kapstadt in eine Familie von Afrikaanern geboren, in Johannesburg aufgewachsen, begann er schon als Schüler, Erzählungen zu schreiben und auch zu publizieren. Nach Abschluß seines Studiums verschlug es ihn als Lehrer in die Steppenregion der Groot Marico, einer Gegend nordwestlich von Johannesburg, an der Grenze zum heutigen Botsuana gelegen, in der alle Geschichten unserer Sammlung spielen und die für ihn zur Quelle, zum Inspirationsort seines Schreibens wurde.

Im Jahr 1926 erschoß Bosman nach einem Streit versehentlich seinen Stiefbruder, wurde zunächst zum Tode verurteilt, danach zu zehn Jahren Zwangsarbeit begnadigt und mußte rund vier Jahre davon tatsächlich absitzen, bevor er wieder freikam.

Danach führte er seine Karriere als Schriftsteller und Journalist fort, verbrachte neun Jahre in London, wo er die meisten der hier versammelten Erzählungen schrieb, und kehrte zu Beginn des Zweiten Weltkriegs nach Südafrika zurück.

Sein bohemehafter Lebensstil forderte seinen Tribut. Gerade erst 46jährig, erlag er einem Herzinfarkt.

Wir haben es also bei Bosman, anders als der Held und Erzähler seiner Geschichten, der altersweise und zugleich naive, gewitzte wie prahlerische und entspannt mit seiner Unbildung lebende Oom Schalk Lourens vermuten lassen könnte, keineswegs mit einem archaischen Märchenerzähler zu tun, sondern mit einem mit allen Wassern der Modernität gewaschenen Künstler, und die entwaffnende, so vollkommen natürlich wirkende Simplizität seiner Geschichten ist Ergebnis einer bewußten Kunstanstrengung.

Es heißt, angelsächsische Meister der humoristischen Short story wie Poe, O. Henry oder Mark Twain seien Bosman Vorbilder gewesen. Mag sein, aber wie jeder originelle Autor schafft der Südafrikaner sein ganz eigenes Erzähluniversum und seinen eigenen Stil. Mit wenigen Strichen zeichnet er ein äußeres Bild seiner Figuren, um sich dann auf das Menschlich-Allzumenschliche zu konzentrieren, das ihnen widerfährt: Liebe, Rache, Betrug, Sehnsucht, Tapferkeit, Verlust und Tod. Er schildert das Leben unscheinbarer Leute, ihre kleinen Siege und komischen Niederlagen, aber auch ihre großen, existentiellen Erfahrungen. Immer mit einem ironischen Blick auf ihre Schwächen – und Gott weiß, daß das Personal von Bosmans Erzählungen, einschließlich des Erzählers selbst, mit vielen menschlichen Schwächen behaftet ist –, aber nie boshaft, nie zynisch, nur manchmal mit einer gewissen Skepsis angesichts der Höherentwicklung des Menschengeschlechts.

Die Pointe, die nur in den seltensten Fällen eine Moral von der Geschicht' ist, folgt meistens erst im letzten Absatz, wenn sie überhaupt folgt. In der vielleicht abgründigsten Story der Sammlung, »Mafeking Road«, bleibt sie ganz aus, und der Schlimmstes ahnende Leser muß sie sich ganz alleine zusammenreimen.

Alle diese Geschichten aus der Groot Marico, die vom Ersten über den Zweiten Burenkrieg bis in die zwanziger Jahre hinein spielen, ergeben zusammen ein solch intensives Porträt dieser Region und ihrer damaligen Bewohner, der Afrikaaner niederländischen Ursprungs und protestantischer Religion, die als Farmer mit den Unbilden der Natur und der englischen Invasion zu kämpfen haben, daß der Leser am Ende glaubt, die Gegend und ihre Menschen zu kennen wie seine eigene Nachbarschaft.

Das ist große Kunst und erinnert, auch wenn in manchen Szenen die Bürger von Schilda Pate gestanden zu haben scheinen, an andere Zyklen der Weltliteratur, die einen Ort oder eine Landschaft poetisch vergegenwärtigt oder neu erschaffen haben, wie Sherwood Andersons »Winesburg, Ohio«, Gottfried Kellers »Leute von Seldwyla« oder Giovannino Guareschis Evokation des kleinen Dorfes in der Po-Ebene mitsamt seinem Priester und seinem Bürgermeister.

Dennoch braucht der Leser von Bosmans Geschichten nicht dem automatischen Impuls zu folgen, im Anschluß an die Lektüre nach Südafrika zu fliegen, um sich die Groot Marico und die Nachfahren von Schalk Lourens realiter anzusehen. Denn wie jeder große Schriftsteller zeichnet auch dieser nicht die Natur nach, sondern schafft Seelenlandschaften. Und die findet man nun einmal nicht in der Wirklichkeit, sondern nur in Büchern.

Manchem auf politisch korrekte Wortwahl geeichten Leser dieser Geschichten mag aufstoßen, daß die Schwarzen von der ersten bis zur letzten Seite als »Kaffern« bezeichnet werden. Eigentlich erübrigt sich angesichts der Entstehungs- und Handlungszeit der Erzählungen jeglicher Kommentar hierüber. Bedauerlicherweise war das zu jener Zeit an jenem Ort die Wortwahl der Weißen. Wie wir wissen, haben die Verhältnisse sich geändert und – blickt man in ein Land wie Rhodesien/Simbabwe – sogar manchmal umgekehrt.

Aber selbst die Gralshüter der Sowjetideologie sind nie auf die Idee verfallen, im nachhinein die Anrede »Väterchen« in den großen Werken eines Puschkin oder Tolstoi in »Genosse« zu ändern, nur weil der Fortschritt der Menschheit mittlerweile zu Gleichheit zwischen den Russen geführt hatte.

Im übrigen wissen die Geschichten selbst es besser als ihre Protagonisten. Die menschlichen Stärken und Schwächen sind unabhängig von der Hautfarbe ihrer Träger verteilt, und der einzige Fall von unverbrüchlicher Treue und Heroik, der in ihnen geschildert wird, hat einen solchen »Kaffer« zum Helden. Ebenso zollt Bosman im Duell der beiden Propheten, des weißen und des schwarzen, dem Wissen der Ureinwohner und ihrer nach wie vor bestehenden Verbindung zu den Geheimnissen des Landes jenseits aller Schulweisheit seinen Respekt.

Überhaupt bleibt auch in den Geschichten dieser zutiefst bodenständigen Buren genügend Platz für das Übernatürliche, dem Bosman manchmal augenzwinkernd und manchmal ganz ernst seinen Platz zwischen Himmel und Erde zuweist.

Auch wer es lieber politischer hat, kommt auf seine Kosten. Die Beschreibung dieser versunkenen Zeit und Welt ruft den interessierten Leser auf, einmal nachzuschlagen, wie das eigentlich begann mit den Weißen in Südafrika, wie es zu den Burenkriegen kam und wie zum Apartheidregime.

Und wer sich die Mühe machen will, sich ein wenig mit der Epoche des Imperialismus zu beschäftigen, wird rasch feststellen, wie erstaunlich viele unserer heutigen blutigen Regionalkonflikte in der Zeit ihren Anfang nahmen, als dort der Union Jack aufgepflanzt war und die Engländer willkürlich mit dem Lineal Grenzen zogen.

Für alle schließlich, die genau wissen wollen, warum diese Geschichten einen nicht loslassen und warum der humorvolle Oom Schalk Lourens nicht übertreibt, wenn er sich als den besten Erzähler der Groot Marico bezeichnet, liefert Bosman sogar seine Poetik frei Haus – auch wenn es eine gänzlich andere ist, als sie in den Poetikdozenturen unserer hiesigen Hochschulen gelehrt wird.

»Denn es ist ja nicht die Geschichte, die zählt«, erklärt Oom Schalk Lourens. »Wichtig ist die Art und Weise, wie man sie erzählt. Das Entscheidende ist, ganz genau zu wissen, in welchem Moment man seine Pfeife an seinem Veldskoen ausklopfen muß und an welchem Punkt der Geschichte man anfangen muß, über das Schulkomitee von Drogevlei zu reden. Ein weiterer wichtiger Aspekt ist zu wissen, welchen Teil der Geschichte man ausläßt.«

Es ist so einfach! Warum können es nur so wenige?

Michael Kleeberg

Glossar

AGTERRYERS schwarze Hilfstruppen der Burenkommandos, Art Ordonnanzen

BAAS Herr

BILTONG Trockenfleisch

DOPPER konservativer Flügel der südafrikanischen reformierten Kirche

HENDSOPPER von *hands up* nach dem Burenkrieg; Überläufer

LANDDROST lokale Jurisprudenz, auch Richter

NAGMAAL mehrtägige religiöse Zeremonie

SCHLACHT VON LAING'S NEK UND MAJUBA HILL Erster Burenkrieg Februar 1881

SJAMBOK Peitsche

VELD Steppe

VELDSKOENS selbstgemachte Schuhe, eine Art Mokassins

VIERKLEUR »Vier Farben«, Flagge der ehemaligen Provinz Transvaal

WOLRAAD WOLTEMADE war ein südafrikanischer Milchbauer, der am 1. Juni 1773 starb, während er in der Tafelbucht Schiffbrüchige vom Wrack des Schiffes *De Jonge Thomas* rettete.

Die erste vollständige und unzensierte englische Ausgabe von »Mafeking Road and other stories – The Anniversary Edition« erschien 1998 im Verlag Human & Rousseau, Kapstadt · Copyright © 1998 by The Estate of Herman Charles Bosman · First published by Human & Rousseau in 1969 · Anniversary Edition published in 1998 · Deutsche Erstausgabe · Aus dem Englischen von Michael Kleeberg · 1. Auflage 2010 · Alle deutschsprachigen Rechte vorbehalten · Copyright © 2010 Büchergilde Gutenberg, Frankfurt am Main, Wien, Zürich · www.buechergilde.de · Lektorat: Susann Urban · Herstellung: Thomas Pradel, Frankfurt am Main · Satz: Pinkuin Satz und Datentechnik, Berlin · Druck und Bindung: CPI – Clausen & Bosse, Leck · Printed in Germany 2010 ·
ISBN 978-3-7632-6298-4